SAM BECKER
MIT ROBERTS & MACLAY

GARDNERs PFLICHT

Thriller

Charaktere von M.C. Roberts, Story von Roberts & Maclay,
Geschrieben von Sam Becker

Für die Druckversion: ISBN: 9798486530388 / Imprint: Independently published

Coverdesign: reinhardfenzl.com, Fotocredits depostiphoto.com,
Wolken: stillfx, Rabe: khius, Mauer: tuja66

Korrektorat: Claudia Heinen, Bianca Weihrauch

www.robertsmaclay.de

office@robertsmaclay.de

1

Durchschnittspace 5:40. Nicht schlecht, dachte die junge Frau, als sie auf ihre Apple Watch sah. Sie rechnete das im Kopf schnell durch. Seit rund 70 Minuten lief sie mit einer Geschwindigkeit von rund 11 Kilometern pro Stunde und ihr Puls war förmlich zwischen 115 und 120 Schlägen pro Minute festgewachsen.

Das harte Training der letzten Monate begann nun endlich Früchte zu tragen. Jeden Tag um 4.30 Uhr früh aufstehen und bei Kälte, Wind und Wetter drei Stunden durch Wien laufen verlangte jede Menge Selbstdisziplin.

Ihre Mutter klopfte sich regelmäßig verwirrt gegen die Stirn. Sie hatte ihre Tochter für völlig übergeschnappt gehalten, als sie ihr von ihren Plänen erzählt hatte: Zuerst Marathon, dann Iron Man, dann Ultramarathon.

„Solltest du dich nicht eher nach einem Mann umsehen und Kinder bekommen, statt jeden Tag frühmorgens dir die Seele aus dem Leib zu rennen? Die ganze Anstrengung kann deinem Teint nicht guttun. Du wirst Falten ohne Ende bekommen. So wirst du mich niemals zur Großmutter machen."

Sie schüttelte instinktiv den Kopf, während sie am Burgtheater vorbeilief und wenig später in den Wiener Volksgarten einbog. Sie liebte diese Zeit. Die Stadt schlief noch. Niemand war unterwegs. Es herrschte eine beeindruckende Stille. Eine Stille, die auf sie einfach nur meditativ und beruhigend wirkte.

Sie liebte es zu wissen, dass noch niemand auf seinen Beinen war, dass die sonst von Touristen wimmelnde Wiener Innenstadt friedlich vor sich hin schlummerte. Heute war es ganz besonders schön. Es hatte die Nacht über geregnet und Nebelschwaden hingen tief zwischen den historischen Prunkbauten. Für einen Morgen im Mai ein sehr untypisches Bild. Beängstigend und schön zugleich. Sie lief lächelnd durch den Rosengarten.

Über 3000 Rosenstöcke und über 400 verschiedene Rosensorten säumten ihren Weg. Üblicherweise roch eine Großstadt nach einem intensiven Regenguss nicht sonderlich gut. Heute mischte sich aber der betörende Duft der Rosen mit der schwer in der Luft hängenden Feuchtigkeit. Wenn sie nicht so fit gewesen wäre, würde ihr das Atmen heute schwerer fallen als sonst.

Plötzlich riss sie ihren Kopf herum. Sie glaubte, im Augenwinkel jemand weglaufen gesehen zu haben.

Untypisch für diese Tageszeit. Wenn jemand um diese Uhrzeit unterwegs war, dann hatte man es nicht eilig. Joggerkollegen sah sie so gut wie nie und sie konnte sich auch nicht erinnern, in den letzten Wochen mehr als zwei- oder dreimal jemandem so früh auf den Beinen begegnet zu sein.

Umso erstaunter war sie, als sie dem geradezu panisch laufenden Schatten nachblickte, der den Volksgarten an einem der Seiteneingänge verließ, hastig die völlig unbefahrene Ringstraße überquerte und hinter dem im neoklassizistischen Stil erbauten Parlament verschwand. Sie war so verdutzt, dass sie sogar stehen geblieben war. Ein starker Windstoß hob sich und irgendwo in der Ferne fiel ein offenes Fenster zu.

Das Geräusch war nicht sonderlich laut, ließ sie aber zusammenzucken. Sekundenlang hielt sie den Atem an und sah sich um. Noch nie hatte sie sich unwohl gefühlt, wenn sie in den letzten Monaten in der Dunkelheit durch Wien gelaufen war - und jetzt, im Mai war es bereits hell um die Zeit. Heute war das anders. Irgendetwas war anders.

Zögernd nahm sie ihren Lauf wieder auf und ärgerte sich sofort über den kurzen Halt, der ihre Durchschnittszeit gehörig in den Keller rasseln ließ. Sie beschleunigte sofort wieder, und zwar mit dem Vorhaben, die verlorene Zeit wieder einzuholen, als sie abermals stutzte.

Eine weitere Gestalt, die in die entgegengesetzte Richtung den Volksgarten verließ. Körperhaltung und

Gang ließen auf einen Mann schließen, auch wenn es nicht eindeutig zu erkennen war. Im Unterschied zu vorher ging der Mann seelenruhig zum Ausgang des Parks.

Beim Tor angekommen, wandte er sich um und sah in ihre Richtung. Sekunden vergingen, in denen nichts geschah. Zwei Menschen, die ihre jeweiligen Blicke aufeinander gerichtet hatten. Details konnte sie nicht erkennen. Der Mann drehte sich um und war Sekunden später im Dunst verschwunden. Ihr Herz pochte. Hier war etwas nicht in Ordnung. Sie musste hier raus. So schnell wie möglich. Sie nahm den Lauf wieder auf, aber nur ein paar Schritte lang.

Sie sah eine Gestalt, die an der Rückseite des Theseustempels lehnte. Beine ausgestreckt, Schultern und Kopf gegen die Seitenwand gelehnt. Sie sah die Gestalt nur von hinten und war kurz versucht, einfach weiterzulaufen. Sie wollte nicht, dass das heutige Training völlig den Bach runterging. Aber ihre Beine taten etwas anderes.

Sie zweigte in Richtung der Gestalt ab und umrundete das Bauwerk. Mit einem Mal durchschoss ein Blitz ihren gesamten Körper, als sie die Gestalt von vorne zu sehen bekam. Ihre Beine wollten ihren Dienst versagen und sie war kurz davor, aufgrund des Anblicks zusammenzuklappen. Sie rang nach Atem und es dauerte eine gefühlte Ewigkeit, bis ihr Verstand die Szenerie verarbeitet hatte.

2

EINEN TAG ZUVOR

Ich trete durch die Tür, mache ein paar Schritte und bin frei. Dann bleibe ich stehen, nehme meinen Fedora-Hut ab, lege meinen Kopf in den Nacken und schaue nach oben.

Sie hatten recht gehabt, als sie mir erklärten, dass die Sonne draußen ganz anders scheint als drinnen. Es sind nur ein paar Meter. Aber es fühlt sich ganz anders an. Intensiver! Für einen Außenstehenden muss das gerade sehr seltsam aussehen. Ein Typ im beigefarbenen Brioni-Anzug mit aufgekrempeltem weißen Hemd, Weste und über die Schulter geworfenem Jackett kommt aus dem Gefängnis, stellt sich auf den Parkplatz davor und sonnt sich. Aber Außenstehende sind mir egal.

„Was empfinden Sie gegenüber den Verantwortlichen?“, hatte mich der Psycho gestern Abend gefragt. Ich hatte lächeln müssen. Schon alleine die Tatsache, dass sie einen der renommiertesten Psychiater im

Land hatten anreisen lassen, statt die Entlassungsuntersuchung vom Anstaltspsychologen durchzuführen, zeigte die Nervosität, die sich da oben breitgemacht hatte. Doktor Henrik Scholz war momentan der Vorzeigesachverständige bei Gerichtsverhandlungen, Fernsehdiskussionen und Therapiebewertungen. Besonders hatten es ihm die Serienkiller angetan. Da ist er bei mir aber falsch. Ich bin kein Serienmörder. Nicht mal ein normaler Mörder, wobei das Wort normal in diesem Zusammenhang eher unpassend ist.

Die Minuten vergehen und das Gefühl breitet sich aus. Die letzten Jahre über war es kaum möglich gewesen, tagsüber die Augen zu schließen und den Moment zu genießen. Sich einfach die Sonne ins Gesicht scheinen zu lassen, war immer getrübt von einem unbestimmten Gefühl der Unsicherheit.

Wissen Sie, was das Schlimmste im Gefängnis ist? Mir war es davor auch nicht klar - bis ich drin war. Zuerst dachte ich, es wäre das Gefühl, eingesperrt zu sein. Dabei war das nur das kleinere Übel. Damit lernte ich schnell umzugehen, als ich begann, die großen griechischen und römischen Philosophen zu studieren. Man hielt mich in der Gefängnisbibliothek für einen Verrückten, da ich Tag für Tag nur Marcus Aurelius, Seneca, Epiktet und Co las. Und je mehr ich die Kunst der stoischen Lebensweise lernte, umso weniger hatte ich das Gefühl, im Gefängnis zu sein. Meinen Geist konnten sie nicht einsperren. Und nach einiger Zeit wirkte es: All die Wut, die sich in mir breitgemacht hatte, die Wut darüber, dass ich zu Unrecht wegen

Mordes angeklagt und verurteilt worden war, fiel ab. Fiel ab mit dem wichtigsten stoischen Gedanken: *Kümmere dich nur darum, was du selbst verändern kannst. Vergeude keine Energie in die Dinge, die nicht in deiner Hand liegen.*

Und die Tatsache, dass ich im Gefängnis saß, konnte ich nicht verändern. So unfair und ungerecht das auch sein mochte. Das „Eingesperrtsein" war also nicht das Problem. Das Problem war die Unsicherheit. Die Unmöglichkeit, jemandem zu vertrauen. Egal wann und wo, egal mit wem und warum - da drinnen können Sie niemandem vertrauen.

Ich kann mich schon gar nicht mehr daran erinnern, wann ich das letzte Mal mit geschlossenen Augen im Freien gestanden und einfach nur die Sonne genossen hatte. Und zwar, ohne damit zu rechnen, jede Sekunde den Schädel eingeschlagen zu bekommen.

„Wie schätzen Sie Ihre Sexualität ein?"

„Wie bitte?"

„Ihre Sexualität. Es ist eine Tatsache, dass die sich durch längere Haftstrafen verändert."

Dr. Scholz hatte die Schultern gezuckt und mich entschuldigend angelächelt. Er muss diese Fragen stellen, das war mir schon klar.

„Ich glaube, momentan ist meine Priorität nicht, in ein Bordell zu gehen und den Mangel der letzten Jahre in einer einzigen Nacht aufholen zu müssen."

„Gute Antwort." Scholz hatte anerkennend genickt und sich ein paar Notizen gemacht.

Eine Ewigkeit stehe ich einfach nur da und bin überwältigt von diesem Gefühl. Ich genieße den Moment unendlich. Den Moment, der durch die Tatsache, nicht in Gefahr zu sein, zu einem der schönsten in meinem Leben wird. Perfekt wäre jetzt noch ein Glas Wasser.

Dann wird in der Nähe eine Autotür zugeschlagen. Sofort bin ich im Panikmodus, reiße die Augen auf und sehe mich gehetzt um. Es ist nichts. Keine Gefahr, nur eine Frau, die aus einem Audi A8 gestiegen ist und in meine Richtung geht.

Es wird lange dauern, bis mein Unbewusstes realisiert hat, dass ich nicht mehr dauernd über meine Schulter blicken muss. Ich sehe mir die Audifrau näher an. Businesskostüm, hochhackige Schuhe, perfekte Frisur.

Jetzt erkenne ich sie wieder. Es ist die Staatsanwältin, die gemeinsam mit einer Handvoll anderer Menschen dafür verantwortlich ist, dass ich die letzten Jahre hier eingesessen habe. Und zwar als verurteilter Mörder.

Denn stärker als alles Schicksal ist der Geist, ist die Seele. Sie selbst lenkt die Dinge und ist so die Ursache zu einem glücklichen oder unglücklichen Leben, denke ich und danke im Geist dem großen Seneca, der mir schon die Zeit in der Haft einfacher gemacht hat.

Ich habe mir als oberstes Ziel gesetzt, diese Gedanken zu meiner Maxime zu machen. Ich werde nicht herumlaufen und mit Bitterkeit an die verlorenen Jahre denken. Ich werde nicht mit Hass im Herzen all jene Menschen verteufeln, die mich zum Mörder abgestempelt haben. Das würde mir nämlich nichts helfen.

Ein einfacher Gedanke, wenn man im Gefängnis sitzt und diesen Menschen nicht gegenübersteht, so wie jetzt gerade.

Ich spüre, wie die Emotionen hochkommen. Erstaunlicherweise bleibe ich ihr gegenüber teilnahmslos. Ein kleines Lächeln huscht über mein Gesicht. Ich bin ruhig und bleibe es auch.

„Herr Gardner, ich bin beauftragt worden, Ihnen die offizielle Entschuldigung der Regierung zu übermitteln. Und ich möchte mich auch ganz persönlich für meine Fehleinschätzung entschuldigen. Leo, es tut mir aufrichtig leid. Ich lag falsch. Sie sind unschuldig."

Ja!

Wer kennt das nicht? Wem ist noch nie Unrecht getan worden und wer hat sich nicht oft und oft ausgemalt, dass die Schuldigen ihren Irrtum eingestehen und sich entschuldigen?

Während der Jahre im Gefängnis habe ich mir immer gewünscht, diese Worte zu hören. Jetzt, wo es so weit ist, fällt die Befriedigung darüber viel weniger stark aus, als ich es mir ausgemalt habe. Ich schweige und sehe die Frau, die ich im Gerichtssaal zu hassen gelernt habe, nur ruhig an.

Sie fühlt sich sichtlich unwohl, hüstelt und öffnet ihre Aktentasche, um ihr einen Umschlag zu entnehmen.

„Hier finden Sie die Details zu Ihrer Staatspension, die Sie den Rest Ihres Lebens beziehen werden und die ihre finanzielle Situation sichern wird. Die Regierung weiß, dass das keine Entschädigung für die Lebensjahre sein kann, die Sie verloren haben, aber wir sehen es als eine kleine Geste der Wiedergutmachung."

Ich höre in mich hinein. Noch immer kein Groll. Noch immer kein Wunsch nach Rache. Über mich selbst erstaunt, nehme ich den Umschlag und stopfe ihn ungeöffnet in die Tasche, die man mir bei der Entlassung übergeben hat. Die Staatsanwältin steht immer noch betreten vor mir.

Ich nicke der Frau zu, fest entschlossen, das alles ab sofort hinter mir zu lassen. Das Gefängnis, die Staatsanwaltschaft, alle, die mich für einen Mörder hielten, und die verlorenen Lebensjahre. Vorbei. Ich gehe. Jetzt.

„Was werden Sie jetzt tun?", hatte mich Dr. Scholz zum Abschluss des Entlassungsgesprächs gefragt.

„Leben", hatte ich geantwortet.

Die Staatsanwältin bleibt stehen und ich gehe. Wohin ich will. Weil ich es kann.

Aber ich komme nicht weit. Was ich bisher für eine Gruppe plaudernder Besucher am Rande des Parkplatzes gehalten habe, bewegt sich plötzlich kollektiv auf mich zu. Grußworte, erwartungsvolle Gesichter, atemlose Fragen, vorgehaltene Mikrofone.

Journalisten, die auf eine Story hoffen. Ich sehe sie an, lasse meinen Blick über die Gesichter wandern und schüttle langsam den Kopf.

Sie ist nicht dabei.

3

Messner hielt sich ein Taschentuch vor die Nase und nieste ein weiteres Mal.

„Gesundheit!“

„Danke“, grummelte der Major.

„Wieder mal der Heuschnupfen?“, fragte Dr. Matthias Bauer, der diensthabende Forensiker, während er sich über die Leiche beugte und ihre Verletzungen näher betrachtete.

„Ja, verdammt. Machen Sie schnell! Ich will zurück aufs Revier. Die Pollen machen mich wahnsinnig“, herrschte Messner ihn an.

„Wenn Sie mich stressen, dauert es nur länger“, antwortete Bauer, ohne zum anderen aufzusehen.

Der gesamte Wiener Volksgarten war abgesperrt worden und eine Horde von Uniformierten und

Beamten in Zivil lief aufgeregt durch die Gegend. Es passierte nicht jeden Tag, dass man eine Leiche an den Theseustempel gelehnt fand. Und schon gar nicht eine, deren Gesicht dermaßen entstellt war, dass eine Identifizierung völlig unmöglich war.

Bauer kritzelte in sein Notizbuch.

„Der Tod ist schon vor ein paar Stunden eingetreten. Wann genau, wird die Obduktion ergeben. Meiner Ansicht nach wurde die Leiche aber bewegt. Der Mord hat nicht hier stattgefunden, sondern der tote Körper wurde hier platziert."

„Ein Mörder, der seine Opfer an öffentlichen Orten platziert, ist eindeutig ein Serienkiller. Klar ist, dass er mit seiner Tat ein Signal setzen möchte", sagte ein junger Polizist in Zivil, der neben Major Messner stand und eifrig alles notierte.

„Reimann, lassen Sie mich mit Ihrem Psychogequatsche in Ruhe. Sie haben jetzt die zweite Staffel von ‚Criminal Minds' auf Amazon gesehen und halten sich schon für einen Top-Profiler. Tun Sie mir einen Gefallen und halten Sie einfach Ihren Mund."

Wenn die Kritik ihn getroffen haben sollte, dann ließ sich der junge Mann nichts anmerken. Messner wandte sich wieder an Dr. Bauer.

„Was können Sie mir noch sagen?"

„Momentan nicht viel. Vielleicht bringt uns die Obduktion mehr. Auf den gesamten Schädel wurde mit einem harten, stumpfen Gegenstand unzählige Male eingeschlagen. Ob das auch die Todesursache war, ist so nicht festzustellen. Klar ist aber, dass das Gebiss arg in Mitleidenschaft gezogen wurde. Ich denke nicht, dass sich die Identität auf Basis eines Zahnabdrucks feststellen lässt. Vielleicht haben wir die Fingerabdrücke in der Datenbank, was ich aber bezweifle."

„Das Opfer ist weiblich, so viel ist sicher", ergänzte der junge Reimann und erntete abermals einen missbilligenden Blick von Messner, der gerade dabei war, wieder einen Niesanfall zu bekommen.

„Danke, Sherlock", schniefte er. „Da wären wir ohne Sie nicht dahintergekommen. Ich denke, ich werde Sie für Ihre scharfsinnige Ermittlungsarbeit zur Beförderung vorschlagen!"

Reimann sah seinen Chef begeistert an. Der Sarkasmus war ihm offensichtlich völlig entgangen.

„Danke, Herr Major!", sagte er mit einem breiten Grinsen im Gesicht.

„Befragen Sie doch mal die Zeugin, die das Opfer gefunden hat", sagte Messner trocken und bewegte seine Hand mehrmals in Richtung der Frau, als ob er eine lästige Fliege verscheuchen wollte.

Reimann nickte und eilte davon.

„Warum will der dümmliche Sohn des Bürgermeisters ausgerechnet zur Kriminalpolizei? Und warum trifft es gerade mein Revier?"

Dr. Bauer grinste. Messner putzte sich abermals die Nase und ignorierte abermals sein Handy, das mittlerweile zum vierten Mal läutete.

„Es wird sich um einen Raubüberfall gehandelt haben“, mutmaßte er. Der Forensiker sah ihn erstaunt an.

„Und dann bewegt der Räuber die Leiche und platziert sie hier schön auffällig?“ Dr. Bauer zog die Augenbrauen hoch. Messner tat so, als hätte er ihn gar nicht gehört.

„In der letzten Zeit mehren sich die brutalen Raubüberfälle in allen Wiener Bezirken. Vermutlich ist der Täter schon über alle Berge, hat sich irgendwo in einem osteuropäischen Land verkrochen.“

„Wie ein Raubüberfall sieht das aber nicht aus“, meinte Bauer, aber der Major hatte sich bereits umgedreht und stapfte zum Ausgang des Volksgartens.

„Schicken Sie mir doch einfach Ihren Bericht“, sagte er im Weggehen und hörte, ohne die Antwort abzuwarten, die Mobilbox seines Handys ab.

„Hallo Lorenz, ich wollte dich nur informieren, dass Leo Gardner heute entlassen wurde. Offenbar rudert der Staat zurück und Gardner soll vollkommen rehabilitiert werden. Irgendwer soll für die Fehler bei den Ermittlungen verantwortlich gemacht werden, die zu Gardners Festnahme und Verurteilung geführt haben. Und da bist du ja wohl ein recht guter Kandidat. Ich wollte dich nur warnen.“

Messner verzog das Gesicht. Seine Allergie war mit einem Mal wie weggeblasen. Kein Wunder bei dem Adrenalin, das mit einem Mal durch seinen Körper gepumpt wurde.

4

EINEN TAG ZUVOR

„Was haben Sie jetzt vor?"

„Werden Sie den wahren Mörder suchen?"

„Wie geht es Ihnen, nach den fünf Jahren?"

„Werden Sie wieder zurück in ihren alten Job zum BVT gehen?"

„Gibt es eine Entschädigung vom Staat?"

„Was hat Ihnen Staatsanwältin Wolf vorhin gegeben?"

Die Fragen der Journalisten prasseln auf mich ein wie ein Wolkenbruch. Ich habe nicht vor, auch nur eine davon zu beantworten. Journalisten waren mir schon bei meiner Zeit beim Bundesamt für Verfassungsschutz und Terrorismusbekämpfung immer auf die Nerven gegangen. Sie fragten, bohrten, recherchierten, waren wie lästige Fliegen - und hatten doch keine Ahnung. Zum Beispiel was die organisierte Kriminalität Tag für Tag anstellt. Mit einer Rücksichtslosigkeit und Kaltblütigkeit, die mir damals immer wieder den Atem genommen hatte. Als Agent beim BVT hatte ich Dinge gesehen und Situationen erlebt, wo es vorbei war mit Idealismus, Menschenrechten und Gesetzen. Man muss Regeln brechen, um die Regeln aufrechterhalten zu können. Und ich hatte das zur Genüge getan. Gewalt und Kriminalität hatten mein Leben beherrscht. In der Zeit vor meiner Inhaftierung und auch im Gefängnis. Aber damit war jetzt Schluss.

„Kein Kommentar", sage ich und gehe weiter

„Wie geht es Ihrer Frau und Tochter? Haben die an Ihre Unschuld geglaubt?"

Zum ersten Mal seit langer Zeit hat es ein Gefühl geschafft, ein wenig tiefer in mich einzudringen. Ich bleibe stehen und sehe dem Journalisten in die Augen. Eine Weile denke ich nach, ob ich diese Frage beantworten will.

„*Nichts gefährdet unser Wissen mehr als die Selbsttäuschung*".

Der Mann schaut mich entgeistert an.

„Das ist ein Zitat des Philosophen Zenon."

Währenddessen fahren meine Gedanken Achterbahn. Ich habe Julia seit meiner Inhaftierung nicht gesehen, sie muss mittlerweile eine junge Frau sein, ist im letzten Monat 15 geworden. Und ich habe keine Ahnung, wie es ihr geht, was sie tut und wie sie über mich denkt. Elisabeth hat den Kontakt zu mir abgebrochen, als das Urteil verkündet worden war. Sie wollte nichts mit einem verurteilten Mörder zu tun haben und das hatte auch für unsere Tochter zu gelten. Ihre Tochter! Denn natürlich war nach der Scheidung das Sorgerecht Elisabeth zugesprochen worden. Eine Scheidung, von der ich erst in meiner Zelle durch ein Anwaltsschreiben erfahren habe.

„Was wollen Sie unseren Zusehern damit sagen?", fragt der Journalist, als er bemerkt, dass ich dem Zitat nichts weiter hinzufügen würde.

Ich sehe auf das Logo des Fernsehsenders, für den er arbeitet. Es prangt auf dem Mikrofon, das er mir höchst aufdringlich unter die Nase hält.

„Die Zuseher Ihres Senders sind intelligent genug, um das selbst herauszufinden."

„Wann werden Sie Marielle Becker treffen? Sie ist mit ihrer investigativen Arbeit und der Artikelserie über Sie ja maßgeblich dafür verantwortlich, dass Sie wieder in Freiheit sind."

„Frau Becker ist Journalistin." Ich blicke in die Runde. „Journalistin, wie Sie alle auch. Ich denke, dass es an ihr liegt, diese Informationen zu veröffentlichen, wenn sie das für richtig hält. Für mich gilt eines: ‚*Weise ist der Mensch, der Dingen nicht nachtrauert, die er nicht besitzt, sondern sich der Dinge erfreut, die er hat.*'"

Schau'n Sie, ich weiß ja, dass Hochmut eine der schlechtesten menschlichen Eigenschaften ist, dennoch ergreift sie jetzt kurz Besitz von mir und ich lächle ein wenig, als ich die vielen verdutzten

Gesichter sehe. Vermutlich hatten sie alle gehofft, dass ich mich verbittert über die Missstände und die Verfahrensfehler auslassen würde, die zu meiner Verurteilung geführt hatten. Vielleicht haben sie auch die Ankündigung eines Kreuzzuges gegen die Schuldigen erwartet.

Aber darauf habe ich keine Lust. Ich will für den Rest meines Lebens Ruhe und Frieden. Für mich steht nur eines auf dem Programm. Ich werde das alte Haus in den Weinbergen, das mein Vater mir hinterlassen hat, renovieren. Obwohl es in einem miserablen Zustand ist.

Ich habe also eine große Aufgabe, der ich mich widmen kann. Ich erinnere mich gern an meine Kindheit und die Zeit, die ich in diesem Haus verbracht habe. Mein Vater würde sich freuen, wenn es im neuen Glanz erstrahlt - vielmehr, hätte sich gefreut. Der Rest der Welt ist mir momentan egal. Ich hebe meine Hand, in der ich meinen Hut halte, verabschiede mich so bei der Meute, setze den Hut auf und gehe, ohne mich umzusehen.

5

Ich gehe hocherhobenen Hauptes, aber in Wahrheit weiß ich im Moment gar nicht wohin. Hatte ich gehofft, dass mich jemand abholen würde? Bewusst sicher nicht, weil ich keine falschen Hoffnungen in mir wecken wollte, aber das Unterbewusstsein geht ja eigene Wege. Habe ich unbewusst also auf das Unmögliche gehofft, darauf, dass meine Tochter Julia hier wartet?

Ich blicke mich um. Das Gefängnis liegt in einem der äußeren Bezirke am südöstlichen Stadtrand Wiens. Wenig bewohnt, Industriegebiet, ein großer Verschiebebahnhof. Ich spaziere ein paar Minuten an den Gleisen entlang und versuche erst einmal, die neue Situation zu realisieren. Nachdem ich im Gefängnis gelernt habe, stets im Moment zu sein, mir den Kopf nicht allzu sehr über die Vergangenheit oder die Zukunft zu zerbrechen, hatte ich keinerlei Pläne für meine Zeit „draußen“ gemacht. Schlussendlich ging das Ganze dann unglaublich schnell. Marielle Becker hatte eine Artikelserie veröffentlicht und damit den Beweis erbracht, dass ich unschuldig bin. Obwohl sie vor vielen Monaten etliche Interviews mit mir geführt hatte, erfuhr ich vom Ergebnis ihrer Recherche erst, als die Artikel veröffentlicht wurden. Bald darauf wurde der Fall neu aufgerollt und es kam zur Aufhebung meines Urteils.

Ein paar Meter vor mir sehe ich eine Parkbank und setze mich. Ich öffne die Tasche, in der man mir meine spärlichen Habseligkeiten ausgehändigt hat. Mein iPhone 4, mein Fedora-Hut von Borsalino, meine Armbanduhr, meine Brieftasche, mein Führerschein, zwei Kreditkarten, meine Wasserflasche - leider leer, die Erbschaftsunterlagen und eine uralte Ausgabe der Selbstbetrachtungen von Marcus Aurelius, dem römischen Kaiser und stoischen Philosophen, der mein Leben verändert hat.

Das Buch hatte ich dem Gefängnisbibliothekar abgeschwatzt. Ich hatte ihm versprochen, dass ich ein neues Exemplar schicken würde, sobald ich draußen war. Alle meine restlichen Sachen hat meine Ex-Frau in einem Container lagern lassen. Die Adresse und der Containercode liegen ebenfalls in der Tasche. Und nun auch die Unterlagen zur Staatspension - meine zukünftige Existenzgrundlage.

Ich blicke wieder in den Himmel, lehne mich auf der Bank zurück und lasse abermals die Sonne ihren Job tun. Ich lächele. Früher hätten Sie mich nie so gesehen. Ich habe mir solche Augenblicke kaum gegönnt. Immer stand etwas auf dem Terminkalender, immer war etwas zu tun. Vor allem hatte ich ein unglaublich schlechtes Gewissen, wenn ich einmal einfach nichts tat. Das hat sich im Gefängnis geändert. Plötzlich hatte ich unglaublich viel Zeit.

Ich schließe die Augen und realisiere, was die Zeit „drinnen" mir alles gebracht hat. Ich erinnere mich daran, wie ich die ersten Zeilen von Marcus Aurelius las, und an den Moment, an dem diese ganz besondere Ruhe mich plötzlich wie eine große Welle der Zufriedenheit übermannte.

Das Glück im Leben hängt von den guten Gedanken ab, die man hat.

Immer wieder erstaunt es mich, dass so ein simpler Satz so viel bewirken kann. Ich greife nach meiner Armbanduhr, eine alte Heuer Camaro, die mir mein Vater geschenkt hat. Sie hat ein Uhrwerk, das man noch per Hand aufziehen muss. Ich drehe an der Krone und freue mich wie ein kleines Kind, als der Sekundenzeiger sich mit einem Mal zu bewegen beginnt. Ich setze meinen geliebten Borsalino auf, lege mir die Uhr an und drücke auf den Einschaltknopf meines iPhones.

Für mich wenig überraschend, geht es an. Ich hatte den Mann im Zentrallager ein paar Tage vor meiner Entlassung gebeten, den Akku zu laden. Da ich ja mit einem Mal kein Mörder mehr war, tat er mir den Gefallen. Ich entsperre das Telefon und tippe meinen PIN-Code ein. Ein Piepskonzert meldet eine ganze Reihe von Nachrichten. Ich hatte schon wieder vergessen, wie anstrengend Smartphones sein können, und schalte das Ding sofort wieder ab. Lieber noch ein Sonnenbad für mein Gesicht. Ich lehne mich erneut zurück, schiebe meinen Hut in den Nacken und schließe die Augen. Doch dieses Mal ist der ruhige Moment nur von kurzer Dauer. Ich höre, wie sich ein Auto rasch nähert, und Sekunden später kommt es mit quietschenden Reifen vor meiner Bank zu stehen. Ein altes Coupé, ein knallgelber Opel GT.

Am Steuer sitzt J.J.

„Frank Sinatra hat angerufen. Er will seinen Hut zurück."

„Miss Daisy ist auf der anderen Leitung. Sie sucht ihren Chauffeur", antwortete ich, grinse und steige ein.

6

Wer Johann Joseph mit Vornamen heißt, muss sich einen Spitznamen ausdenken, war mein erster Gedanke, als ich vor vielen Jahren J.J. (sprich: "Dsche Dsche") kennenlernte. Er war damals schon ein alter Hase beim BVT und sollte mich Jungspund unter seine Fittiche nehmen. Er hatte noch den Kalten Krieg in seiner vollen Tragweite miterlebt und war hautnah dabei, als Wien noch die Drehscheibe der internationalen Geheimdienste für das Tor in den Osten war. Mittlerweile war er zwar in Rente geschickt worden, aber er taucht immer noch in den Büros der diversen österreichischen Nachrichtendienste auf. Man legt auf seine Meinung und seinen Erfahrungsschatz viel Wert. So war das zumindest gewesen, als ich ins Gefängnis gewandert war, und ich hatte keinen Anlass zu denken, dass sich etwas daran geändert hatte.

„Ich habe nicht mit dir gerechnet, mein Freund“, sage ich, während wir in Richtung des Stadtzentrums fahren. Ich habe keine Ahnung, wohin J.J. mit mir will, und es ist mir auch egal. Ich habe nichts weiter vor.

„Ich wollte dir die Karre bringen." Als ich meine Haft antrat, hatte J.J. den GT in seine Obhut genommen. Er hat zwei Stellplätze in einer Tiefgarage im zweiten Bezirk.

„Sollen wir ein Bier trinken? Du wirst dir einiges von der Seele reden wollen, denke ich“, meint er.

„Eigentlich nicht“, sage ich knapp und bemerke gleich, dass diese Reaktion vielleicht ein wenig falsch zu interpretieren war.

„Ich bin drin ganz gut klargekommen. Ich bin nicht sauer, ich möchte mich nicht rächen, ich möchte nicht den wahren Mörder finden. Mir geht's gut. *Verlust ist nichts anderes als Verwandlung*, schrieb Marcus Aurelius.“

J.J. sieht mich von der Seite her an. Dann nickt er.

„Wo soll ich dich abliefern? Soll ich dich zu deinem Haus bringen?“

Er macht eine kurze Pause. Wir stehen an einer Ampel und er dreht sich zu mir.

„Mein Beileid. Ich habe das von deinem Vater erst vor Kurzem erfahren. Warst du beim Begräbnis?“

„Ja, ich durfte raus und mich von meinem alten Herrn verabschieden.“

Ich spüre, wie meine Stimme zu brechen beginnt. Es ist ja nicht so, dass die stoische Denkschule Gefühle unterdrückt. Dankenswerterweise schaltet die Ampel jetzt auf Grün.

„Du kannst mich in der Stadt absetzen. Ich muss mich einmal sammeln, dann gehe ich in ein Hotel und genieße eine Nacht in Freiheit. Morgen werde ich Marielle Becker besuchen. Ich hatte noch keine Möglichkeit, mich bei ihr zu bedanken."

J.J. nickte. Natürlich kennt er die ganze Geschichte. Er selbst hatte sich ordentlich für mich ins Zeug gelegt. Er war neben Marielle der Einzige, der immer an meine Unschuld geglaubt hatte. Alle anderen Kollegen hatten sich von mir abgewendet. Leider wurde aber auch von ihm nichts erreicht. Ein Wunder also, dass Marielle den Fall neu aufrollen konnte.

„Lass mich irgendwo bei der Kärntner Straße raus. Ich werde mir ein Innenstadthotel gönnen und mich durch die Menge treiben lassen."

J.J. war am Ufer des Donaukanals entlanggefahren und biegt nun links Richtung Altstadt ab.

„Ich brauche noch ein paar Tage Ruhe. Ich fahre morgen oder übermorgen ins Haus und verschaffe mir einen Eindruck von der Lage. Wenn ich weiß, wie es weitergeht, melde ich mich. Dann bin ich auch bereit für ein Bier."

Eigentlich wäre mir jetzt nach Wasser. Ich trinke viel Wasser. Soll ja gesund sein.

J.J. nickt. Er ist äußerst wortkarg. Unsere Freundschaft hat nie viele Worte gebraucht. Wir verstehen uns auch so.

„Ich stelle dein Auto wieder bei mir in die Garage, da ist der Zweitschlüssel. Hol es ab, wann immer du willst“, sagt er, als wir hinter dem Stephansdom sind. Ich steige aus und er fährt los. Ich gehe um den Dom herum und bin am Stephansplatz. Für ein paar Minuten bleibe ich stehen und beobachte das Treiben der Tausenden Touristen. Die Unruhe und Rastlosigkeit ist förmlich spürbar. Niemand hier erlebt den Moment. Alle Menschen sind auf dem Weg, keiner ist hier. Keiner lebt im Augenblick. Mit einem Mal überkommt mich eine tiefe Dankbarkeit für all die Erkenntnisse, die mir durch meinen Aufenthalt im Gefängnis geschenkt worden sind. Ich denke, ich habe erkannt, was im Leben zählt. Ich habe ein Gefühl dafür entwickelt, was in meiner Macht steht, was ich beeinflussen kann und was nicht.

Die stoische Ruhe.

Ich schlendere die Kärntner Straße entlang und spüre die Getriebenheit der Menschen rings um mich. Ich will mit all dem nichts mehr zu tun haben. Wozu auch? Nicht meine Welt.

7

EINEN TAG DANACH

„Ermordet. Heute früh. Im Volksgarten. Vor zwei Stunden waren sie da und haben es mir gesagt."

Zwei Minuten vor halb drei. Automatisch habe ich auf meine Camaro geschaut. Ein Reflex aus BVT-Zeiten. Wann immer etwas Entscheidendes passiert – präge dir die Zeit ein!

Dann schließe ich für einen Moment die Augen und ordne meine Gedanken. Die Frau, der ich meine Freiheit verdanke, ist tot. Ich werde mich also nicht mehr bei ihr bedanken können. Der Mann von Marielle Becker scheint immer noch unter Schock zu stehen.

„Das tut mir leid", höre ich mich sagen. Tut es das? Ja. Habe ich Mitleid mit dem Mann, der vor mir sitzt? Ehrlicherweise muss ich das mit „Nein" beantworten. Zu Hilfe kommen wird er fremden Tränen, aber sich ihnen nicht anschließen.

Für Paul Becker sind solche Überlegungen natürlich wie von einem anderen Stern. Er schafft es nicht, mich länger anzusehen, seine Stimme droht immer wieder zu kippen. Eigentlich braucht der Mann psychologische Hilfe.

„Wird die Polizei jemand vorbeischicken?"

„Jemand vorbeischicken?"

„Eine psychologisch geschulte Kraft. Jemand, der Ihnen beisteht. Sich um Sie kümmert."

„Nein, das heißt ... ich weiß es nicht ... Kann sein, dass sie mich gefragt haben, kann sein ..."

„Und?"

„Wahrscheinlich habe ich ‚Nein' gesagt, weil ich ... erst einmal Zeit brauche ... Ich muss nachdenken. Ich muss erst realisieren, dass Ell nicht mehr ist – nie mehr heimkommen wird. Da kann ich niemanden brauchen ... ich muss Ruhe haben, ich ..." Er scheint einem Nervenzusammenbruch nahe, macht einige Bewegungen ins Leere, als wolle er aufstehen, sinkt aber dann zurück.

„Ich will Sie nicht stören, bin auch gleich wieder weg", sage ich so ruhig wie möglich. „Wie gesagt, wollte ich mich einfach bei Frau Becker bedanken, ich konnte nicht wissen, dass ..."

„Nein, nein, das konnten Sie ja wirklich nicht wissen, entschuldigen Sie, das war nicht persönlich gemeint.

Ich bin nur so durcheinander. Ell, ich meine, Marielle, meine Frau, ich habe sie immer Ell genannt, sie mag es ... das heißt, sie mochte es ... Jetzt – mag sie gar nichts mehr ..."

„Ich möchte mich wirklich nicht in Ihre Angelegenheiten mischen, Herr Becker, aber ich habe ein bisschen Erfahrung mit Ausnahmesituationen und - Sie sollten jetzt wirklich nicht alleine sein. Wenn Sie niemand Professionellen um sich haben wollen, dann vielleicht einen Verwandten oder Freund?"

Eigentlich sollten diese Sätze von einem der ermittelnden Beamten kommen und nicht von einem Ex-Häftling, den der Tod von Marielle Becker ebenso kalt erwischt hat, wie ihren Ehemann.

„Ja, ich ... Vielleicht rufe ich meinen Bruder an, er wohnt auch im ersten Bezirk. Ja. Ich habe Ihnen ja noch gar nichts angeboten. Wollen Sie ein Glas Wasser oder sonst etwas ... vielleicht Kaffee oder ... ich muss nachsehen, was wir sonst noch haben."

„Ein Glas Wasser wäre sehr freundlich", entgegne ich, hauptsächlich, um ihn dazu zu bringen, selbst zu trinken. Umsonst. Er bringt mir Wasser, an sich selbst hat er nicht gedacht.

„Sie sollten vielleicht auch trinken", werde ich deutlicher. Einen Augenblick lang scheint es, als wolle er mich zornig anfahren, aber dann nickt er und trottet erneut zur Küchenzeile. Gleich darauf sitzen wir da, trinken unser Wasser und schweigen. Als ich das

Gefühl habe, dass er sich etwas gefasst hat, frage ich vorsichtig: „Und? Hat die Polizei gesagt, wie es passiert ist?"

„Nein. Es hat ja niemand etwas gesehen. Es gab ja keine Zeugen. Es hat ja niemand geholfen. Niemand!"

„Also weiß die Polizei absolut gar nichts?"

„Nein. Also ... Sie sagen, dass es kein ... also, sie wurde nicht ... die Polizei sagt, dass es kein ... Sexualdelikt war. Wenigstens ist ihr das erspart geblieben ..."

Es geht ihm wieder schlechter. Ich lenke schnell ab, frage: „Und was sagen die Beamten? Wenn es kein Sexualdelikt war, was vermuten die dann für ein Motiv?"

„Motiv? Brauchen die Wahnsinnigen da draußen überhaupt ein Motiv?", fährt er hoch. „Sie brauchen keines! Gewalt um der Gewalt willen! Leute umbringen, weil sie es können. Oder weil sie einen Kick brauchen. Die Polizei hat gemeint, es sei ein Raubmord. Was ist denn das für ein Motiv, jemand umzubringen, wenn man ihm etwas wegnehmen will?"

„Raubmord?"

„Haben sie gesagt, ja."

„Was hatte Ihre Frau bei sich, für das sich ein Raub lohnen würde?"

„Absolut nichts."

„Nichts?"

„Na ja, ein bisschen Bargeld schon, aber das waren meistens so fünfzig, hundert Euro. Eine Kreditkarte, ihr Handy ..."

„Schmuck?"

„Keinen. Mal abgesehen von ihrem Ehering. Aber das ist doch lächerlich, oder? Deswegen jemanden ..."

Ich könnte ihm jetzt erzählen, dass Leute schon wegen weniger Beute getötet worden waren. Selbst in Österreich. Ich mache es nicht. Zum einen wird es ihn nicht wirklich interessieren, und zum anderen ist es überhaupt zu bezweifeln, dass er sich morgen noch an irgendetwas von dem erinnern wird, was ich ihm heute sage. Dieser Mann will Ruhe haben, dieser Mann will trauern. Noch besser, alles vergessen, einschlafen, morgen wieder erwachen und seine Frau neben sich finden. Alles nur ein böser Traum.

„Gerade jetzt, wo alles gut werden sollte, fast perfekt ...", Becker starrt auf die Tischplatte. „Auch das Kind hätten wir jetzt endlich bekommen. Und da –"

„Ihre Frau war schwanger?"

„Nein, war sie nicht. Wir ... sie konnte nicht schwanger werden, es ging nicht ... wir wollten ein Kind adoptieren. Schon länger. Gar nicht so leicht. Wartelisten, Beratung, Nachweise über die finanzielle Situation, psychologische Tests ... Es war ein regelrechter Kampf. Und vorgestern der positive Bescheid! Wir haben uns so ..."

Die Türglocke unterbricht ihn. Erleichtert atme ich auf. Jetzt ist die Gelegenheit zu verschwinden.

8

Wir gehen gemeinsam zur Tür. Ich halte meinen Fedora in der Hand und lasse die Krempe durch meine Finger gleiten. Der Zeitpunkt für eine taktvolle Verabschiedung ist perfekt. Becker öffnet und ich erstarre. Vor der Tür steht formatfüllend Major Lorenz Messner vom LKA Wien.

Einen langen Moment starren wir uns an. Für eine halbe Minute lang bin ich nur Beifahrer meiner Gedanken – unfähig, Richtung oder Geschwindigkeit zu bestimmen.

Dieser Mensch hat mich fünf Jahre meines Lebens gekostet. Nicht durch ein Versehen, nicht durch einen Unfall, nicht durch Fahrlässigkeit, sondern durch seine Inkompetenz und seine Abneigung gegen mich, hat er mir fünf Jahre meines Lebens gestohlen. Und wenn Marielle Becker und ihre Artikelserie nicht gewesen wären, dann würde ich noch mindestens fünf weitere Jahre hinter Gitter sitzen, gute Führung hin oder her. Und jetzt ist diese Frau tot. Er aber nicht. Warum kann es nicht umgekehrt sein? Wünsche ich mir das? Ja. Dass er hier ist, kann nur bedeuten, dass er den Fall ihres Todes untersucht. Und damit wird dieser inkompetente Stümper den nächsten Fall vermasseln. Raubmord!

„Was machen Sie hier, Gardner?", fragt Messner offenbar ebenso verblüfft wie peinlich berührt. Es ist klar, dass ihn Dienstaufsicht und Staatsanwaltschaft ausgiebig zur Schnecke gemacht haben.

„Ich wollte mich bei Frau Becker für meine Freiheit bedanken. Eine Freiheit, die Sie mir gestohlen haben, Messner", antworte ich kühl.

Mittlerweile habe ich mich wieder gefasst und kontrolliere meine Gedanken. Auch wenn ich lieber Major Lorenz Messner tot und Marielle Becker lebendig gesehen hätte ... *Dem Lauf der Dinge darf man nicht zürnen, denn er kümmert sich um nichts.*

„Sie beide kennen sich?", fragt Becker. Offenbar hat er die Arbeit seiner Frau nicht sehr eingehend verfolgt. Es konnte aber auch sein, dass er den Namen „Messner" nicht mit dem Ermittler in Verbindung bringt, der ihm vor wenigen Stunden den gewaltsamen Tod seiner Frau mitgeteilt hat.

„Ja", antworte ich schlicht.

„Ich habe mir nichts vorzuwerfen, Gardner", antwortet Messner, jetzt im Angriffsmodus. „Die Beweislage sprach gegen Sie, und verurteilt hat Sie schließlich das Gericht. Ich war nur der Ermittler. Und wie man hört, zeigt sich ja der Staat äußerst großzügig. Für diese fünf Jahre kriegen Sie jetzt eine lebenslange Rente ... Und jetzt würde ich gerne mit Herrn Becker alleine reden."

Er marschiert einfach an uns vorbei in Richtung Wohnzimmer. Ganz der forsche Ermittler, den er schon damals hatte heraushängen lassen. Becker, der nichts begriffen hat, folgt ihm.

„Sie denken, es war Raubmord, Messner?" Ich stelle die Frage ganz ruhig, dennoch reißt es ihn förmlich zurück und er hält ruckartig an.

„Was soll das?"

„Das haben Sie zumindest Herrn Becker gesagt, Messner! Ist es so, oder nicht?"

„Das werde ich Ihnen nicht auf die Nase binden, Gardner!"

„Eine investigative Journalistin wird ermordet. Eine, in deren Geldbörse sich derselbe Inhalt wie bei hunderttausend anderen Menschen in Wien befindet. Und der unfehlbare Major Messner diagnostiziert Raubmord!"

„Was? Jetzt hören Sie mir einmal zu, Gardner, Sie ..."

„Bitte!!" Ich habe nicht damit gerechnet, dass Paul Becker überhaupt so laut schreien kann. Messner zuckt heftig zusammen. Ich habe mich zwar besser im Griff, bin aber dennoch überrascht.

„Sie diskutieren hier über ... ich weiß nicht was und meine Frau ist tot! Ich will mir das nicht anhören, Ihre Streiterei ...“

„Sie haben ganz recht“, beeile ich mich zu sagen und nickte energisch. „Entschuldigen Sie. Danke für Ihre Zeit. Mein Beileid. Auf Wiedersehen.“

Ich scheue die Konfrontation mit Messner nicht, aber ich respektiere, dass das hier nicht unsere Bühne ist. Die gehört Becker und der hat tatsächlich andere Sorgen als unseren Konflikt. Und ich auch.

Ich setze meinen Hut auf, gehe und schließe die Tür, ohne Messner eines weiteren Blickes zu würdigen.

9

Das Haus ist eine Katastrophe.

Nicht, dass ich etwas von Häusern verstehen würde, aber dass feuchte Wände nicht von Vorteil sind, weiß sogar ich. Und wenn man diese feuchten Wände schon von außen sieht, dann sind sie noch weniger von Vorteil. Ich bleibe also lieber einmal draußen und begutachte den Garten, in dem ich als Kind gespielt habe. Der Garten ist groß, was gut ist, und er ist komplett überwuchert, was nicht gut ist. Offenbar konnte sich mein Vater in den letzten Jahren nicht mehr so darum kümmern wie früher.

Meine Verurteilung hat ihm schwer zugesetzt. Man muss kein Psychologe sein, um zu wissen, dass seelischer Schmerz sich irgendwann auf den Körper ausbreitet. Sicher, er war nicht mehr der Jüngste, aber wenn ich nicht im Gefängnis gelandet wäre, dann ...

Schluss damit!

Diese Gedanken werden ihn mir nicht wiederbringen. Und dass der Tod das einzig Sichere im Leben ist, wusste ich schon, bevor ich mich mit den Stoikern beschäftigt habe.

Momentan beschäftigt mich das Haus. Schon Jahre vor meiner Haft hat mein Vater regelmäßig Visitenkarten von Immobilienfirmen und Maklerbüros im Briefkasten gefunden. Hätte er das Haus verkauft, wäre er als reicher Mann gestorben. Aber das war nicht seine Art.

Das feuchte Haus interessiert natürlich niemanden, es ist das Grundstück. Es liegt auf halbem Hang zwischen Donau und Leopoldskirche, knapp unterhalb des Jungherrnsteiges im neunzehnten Wiener Gemeindebezirk.

Das heißt, es liegt eben nicht im neunzehnten Bezirk, sondern außerhalb der Stadt, inmitten der Weinberge, die zwar noch zu Wien gehören, aber weit außerhalb sind. Von hier hat man einen fantastischen Ausblick auf die Donau und die halbe City. Der nächste Nachbar ist gut hundert Meter entfernt, und außer den paar Heurigen und Winzerhäusern in der Nähe wird man auch in Zukunft nicht mit vielen Gebäuden zu rechnen haben, hier herrscht nämlich seit Jahrzehnten Bauverbot. Und das macht das Grundstück zur Goldgrube. Wenn nämlich ein bereits bestehendes, altes Gebäude durch ein neues ersetzt wird, dann gilt das Bauverbot nicht. Soll heißen, wenn eine Immobilienfirma hier ein Haus kauft, gibt es dieses Haus zwei Wochen später nicht mehr, stattdessen wird entweder ein kleiner Reihenhauskomplex oder eine Luxusvilla auf das Grundstück gestellt. Bei der Größe des Gartens meines Vaters tippe ich auf Reihenhäuser.

Es ist nicht so, dass ich den Ausblick hier nicht auch anderen gönnen würde, aber dieses Haus wurde von meinem Vater bis zu seinem Tod bewohnt und ich habe als Kind hier gelebt, im Garten gespielt und die Weingärten und Waldstücke ringsum waren meine Prärie beim Indianerspielen.

Ich würde mich nicht als besonders sentimental bezeichnen, gut möglich, dass ich vor ein paar Jahren noch, ohne mit der Wimper zu zucken, verkauft hätte, aber mittlerweile hänge ich doch an dem Fleckchen Erde.

Vielleicht hat es auch mit der Scheidung zu tun, wenn einem eine Familie genommen wird (in diesem Fall von der eigenen Frau), braucht man eine andere - und wenn es die nicht mehr gibt, dann wenigstens das Haus, den Garten der Kindheit, wo die Welt noch in Ordnung war, wo man ...

Genug jetzt!

Zurück zum Praktischen. Also: Ich habe mittlerweile den Papieren, die mir die Staatsanwältin am Gefängnisparkplatz überreicht hat, die Summe entnommen, die mir Vater Staat als Entschädigung zugedacht hat. Sie entspricht einem mittleren Beamteneinkommen, Monat für Monat, lebenslänglich. Ich bin also finanziell unabhängig. Ich muss dieses Haus nicht verkaufen, um leben zu können. Aber so, wie es jetzt ist, kann es auch nicht bleiben. Erstens sind feuchte Wände nicht wahnsinnig gesund, und zweitens leidet irgendwann die Bausubstanz darunter und dann hilft wirklich nur mehr die Abrissbirne. Es geht also hier nicht darum, ein bisschen Farbe aufzutragen und in ein, zwei Räumen Laminatboden aus dem Bauhaus zu verlegen. Hier ist das große Besteck notwendig. Hier kommt Knochenarbeit auf einen zu und ich war noch nie der große Heimwerker. Andererseits gibt es nichts, was man nicht lernen könnte. Für einen Neuanfang ist schwere körperliche Arbeit eine gute Begleittherapie. Der Mensch braucht eine Aufgabe. Habe ich hier eine gefunden?

Ich stehe bei dem baufälligen Holzschuppen in meinem verwilderten Garten und schaue Richtung Haus. Ich muss grinsen, weil mein Entschluss ja ohnehin schon feststeht.

„Wir zwei“, sage ich zu dem Haus, „wir werden eine Menge Spaß miteinander haben. Und du hast echt Glück, dass die Wasserleitung funktioniert, sonst hätten wir beide wirklich ein Problem miteinander.“

Ob es eine stoische Weisheit für Menschen gibt, die mit Häusern reden, entzieht sich leider meiner Kenntnis.

10

Hoffmann war früh aufgestanden, hatte seine Übungen gemacht, dann geduscht und war schließlich runter gegangen, um Gebäck und Zeitung zu holen.

Immer um dieselbe Zeit, immer dieselbe Bäckerei, immer dieselbe Trafik[1]. Er überquerte sogar die Straße immer an derselben Stelle. Elefantenpfade.

Die Routine war seit Jahren gleich. Früher hatte er öfter daran gedacht, wie es wäre, sie zu ändern, hatte es sich sogar vorgenommen, es aber dann nie geschafft. Wozu auch?

Eine Buttersemmel und ein starker Espresso. Zuerst den Leitartikel, dann die Außenpolitik, dann die Chronik. Innenpolitik ließ er aus. Ungefähr alle fünf Minuten warf er einen Blick auf die Uhr - eigentlich sinnlos, weil er den Sekundenzeiger fast immer an derselben Position erwischte wie am Vortag. Er konnte die zwanzig Minuten, bis er aus dem Haus musste, nahezu perfekt mit seiner Lesegeschwindigkeit synchronisieren.

Noch drei kürzere Artikel und ein Einseiter, dann würde er die Kaffeetasse in den Geschirrspüler stellen, seine schmale Aktentasche und den Müllbeutel nehmen und die Wohnung verlassen. Im Erdgeschoss würde er den Beutel in einen der Container im Müllraum werfen und dann in die Firma fahren.

Es hatte ein Erdbeben in Nicaragua gegeben. Mehrere Dutzend Tote. Die französische Regierung hatte ein neues Gesetz gegen den politischen Islam verabschiedet, worauf eine Massenkundgebung in Marseille stattgefunden hatte. Im Waldviertel hatte ein Bauer gegen seine Zwangsenteignung protestiert, indem er mit einer Schrotflinte wahllos in der Gegend herumgeschossen hatte. Verletzt wurde niemand. In Wien hatte man gestern in den frühen Morgenstunden eine Tote im Volksgarten gefunden. Die Polizei ging von einem Raubmord aus. Das Opfer war mittlerweile als Marielle Becker identifiziert worden.

Hoffmann stutzte und ließ die Zeitung sinken. Marielle Becker? Er schüttelte den Kopf, zwinkerte und sah dann noch einmal in das Blatt. Der Name stand immer noch dort. Fieberhaft begann er zu lesen.

In den frühen Morgenstunden des Dienstags machte eine Joggerin eine grauenvolle Entdeckung im Volksgarten. Nachdem zwei offenbar flüchtende Personen ihren Argwohn erregt hatten, fand sie ein grausam entstelltes Mordopfer beim Theseustempel. Die geschockte Frau verständigte umgehend die Polizei. Das LKA Wien (Gruppe Messner) nahm mittlerweile die Untersuchung des Verbrechens auf. „Wir gehen momentan von einem Raubmord aus", so der Leiter der Ermittlungen. „Die Frau dürfte Montagnacht in der Innenstadt unterwegs gewesen sein. Möglicherweise wollte sie am Ring ein Taxi anhalten, ist aber beim Volksgarten ihrem Mörder begegnet, der sie, offenbar um nicht gestört zu werden, hinter den Theseustempel gezerrt haben muss." Dass sogar in der Innenstadt brutale Raubmorde immer häufiger werden, führt der Kriminalist auf eine deutlich ansteigende Zahl an sogenannten „Raubtouristen" zurück, die aus osteuropäischen Ländern anreisen, für einige Tage in Wien auf Beutezug gehen und dann wieder in ihre Herkunftsländer abtauchen.

Hoffmann ließ die Zeitung erneut sinken. Minutenlang starrte er an die Wand. Zum ersten Mal seit Jahren verging der Zeitpunkt, an dem er sich üblicherweise auf den Weg machte, ohne dass er sich rührte.

„Jetzt gibt es also nur noch ihn und mich", sagte er dann leise in die Stille.

---

1. Tabakladen

11

Will man Gäste beeindrucken, schleppt man sie auf den Leopoldsberg. Vielleicht nicht gerade im beigefarbenen Dreiteiler, aber der Ausblick ist einzigartig. J.J. hat mir erzählt, dass er in jungen Jahren mit all seinen Eroberungen nachts auf den Leopoldsberg gefahren ist. Die Lichter der Stadt, von denen sich etliche im Wasser der Donau spiegeln, die Stille dort oben, nur unterbrochen vom sachten Rauschen der Bäume, und die Dunkelheit ringsum sorgten sogar bei den nüchternsten seiner Bekanntschaften für romantische Stimmung.

Ich steige gerade die letzten Stufen zur Plattform hinauf. Von meinem Haus sind es nur ein paar hundert Meter bis zum sogenannten „Nasenweg“, einem Panoramasteig, der vom Fuße des Leopoldsberges bis hinauf zur Kirche führt. Auch wenn es helllichter Tag ist und ich keinerlei romantische Absichten hege, genieße ich diesen Spaziergang sehr.

Das Gefühl, frei zu sein, hingehen zu können, wo ich will, mich inmitten der Natur zu bewegen, die Maisonne im Gesicht zu spüren. Alles das macht mich sehr glücklich.

„Sie schauen ja so glücklich aus. Sind Sie froh, dass Sie's geschafft haben?"

„Wie bitte?" Ich wende mich der Stimme links von mir zu. Neben mir steht eine Frau mit rötlichblonder Pferdeschwanzfrisur, blauem Sommerkleid und dunkler Sonnenbrille. Möglicherweise stand sie schon vorher hier und ich hatte sie nicht bemerkt. Ich war ziemlich in Gedanken.

„Sie sehen so glücklich aus, hab' ich gesagt. Wegen der Stiegen[1]?" Sie deutet in die Richtung, aus der ich gekommen bin.

„Ach so", jetzt verstehe ich. „Nein, nein, die Stufen haben mir kein Glücksgefühl vermittelt."

„Was denn?" Sie nimmt die Sonnenbrille ab und schaut mich direkt an. Nicht gerade schüchtern, die Frau.

„Ich freu' mich einfach, dass ich die Sonne, die Natur und den schönen Anblick genießen kann", sage ich und schaue direkt zurück. Nicht gerade schüchtern, Leo.

„Ausblick."

„Bitte?"

„Ausblick, es heißt Ausblick. Sie haben gesagt ‚Anblick', aber Sie meinen sicher den schönen Ausblick. Dafür ist der Leopoldsberg berühmt", sagt sie und macht eine ausladende Geste in die Landschaft.

„Nein, ich habe tatsächlich den Anblick gemeint", entgegne ich lächelnd und betrachte ihre graugrünen Augen.

„Oh Gott, ein charmanter Mann - und das in Zeiten wie diesen", sagt sie jetzt und ich meine, einen Hauch Röte über ihr Gesicht huschen zu sehen, während sie ihre Sonnenbrille wieder aufsetzt. „Nicht wahnsinnig originell, aber auch nicht plump. Mit so einem Stil können Sie unmöglich von hier sein. Wo waren Sie bloß die letzten Jahre? In Frankreich?"

„Im Gefängnis."

„Ja klar", sie lacht, „irgendwann erwischt es auch den raffiniertesten Heiratsschwindler. Deshalb schauen Sie also so glücklich aus! Sie haben mich gesehen, die Marke der Sonnenbrille erkannt und vermuten jetzt eine alleinstehende Millionärin, die Sie ausnehmen können."

„Stimmt, das war mein erster Gedanke. Was davon stimmt nicht?" Die Frau hat etwas Besonderes an sich. Ich genieße das Geplänkel.

„Leider die Millionärin. Die Sonnenbrille ist tatsächlich ein edles Stück, war aber ein Geschenk." Sie lacht wieder, ohne auf das ‚alleinstehend' einzugehen. Stattdessen kommt sie drohend einen Schritt auf mich zu und hält den Zeigefinger wie eine Pistole ausgestreckt gegen meine Brust.

„Und jetzt zu Ihnen, Sie heiratsschwindelnder Zuchthäusler", knurrt sie gespielt böse. „Gestehen Sie, warum Sie so glücklich sind!"

„Ich gestehe alles!", sage ich und hebe die Hände. „Aber nur, wenn Sie mit mir auf einen Kaffee gehen."

„Sag ich doch, ein Heiratsschwindler. Und dann auch noch die Masche mit der Einladung zum Kaffee - der älteste Schmäh! Und ich blöde Kuh fall' glatt drauf rein und sag' ‚Ja'."

Fünf Minuten später sitzen wir im Gastgarten des Cafés am Leopoldsberg, sagen „Du" zueinander und unterhalten uns, als würden wir uns schon Jahre kennen. Der Kellner hat mich ein wenig komisch angesehen, als ich gleich drei Glas Wasser bei ihm bestellt habe. Meiner Begleitung scheint das egal zu sein. Sie heißt Lara Weiss und arbeitet in einem internationalen Konzern, dessen Namen ich nur vom Hörensagen kenne. Dort ist sie Assistentin der Geschäftsleitung.

„Tippse", wie sie mir ihren Job lachend vorgestellt hat. Im späteren Gespräch wird mir dann klar, was für eine Art Tippse sie ist. Eine mit abgeschlossenem Betriebswirtschaftsstudium und nicht weniger als sieben Sprachen in Wort und Schrift.

„Aber für den Job brauche ich eigentlich nur drei, oder vier. Der Rest ist zum Angeben", grinst sie. Im Übrigen erfahre ich, dass sie, wie ich, in der Nähe wohnt und „deshalb oft hier heraufhatscht[2]", um den Kopf auszulüften, wie sie es ausdrückt.

„Und du wohnst auch da in der Gegend?"

„Ich wohne im Dschungel", antworte ich, „das heißt, eigentlich in einer feuchten Bruchbude, die mitten in einem Urwald steht."

„Klingt ja reizend."

„Ist es auch. Ich habe mir ausgerechnet, dass ich in drei bis vier Jahren mit der Trockenlegung, Renovierung und Gartengestaltung fertig sein kann."

„Das ist überschaubar."

„Allerdings nur, wenn ich in der Zeit die Schaufel nie aus der Hand lege. Essen und schlafen entfällt leider."

„Oh! Die Mitleidstour. Das nächste Register im Heiratsschwindlerrepertoire."

„Nein, im Ernst, das ist eine Lebensaufgabe. Zum Glück habe ich Zeit genug. Ich bin sozusagen Privatier."

„Oho!"

„Ja. Und - ich war wirklich im Gefängnis", setze ich hinzu. Irgendwie fühle ich mich genötigt, das zu klären. Lara Weiss lacht nicht mehr. Sie schweigt einen Moment.

„Und weshalb wurdest du verurteilt?“, fragt sie dann.

„Wegen Mordes.“

---

1. Stiegen, Stufen oder Treppen sind für die meisten Wiener ein und dasselbe
2. heraufschlendert

12

Sie war noch nie so verzweifelt gewesen.

Innerhalb von vier, nein, eigentlich innerhalb von nur drei Tagen war ihre Welt zusammengebrochen. Vor einer Woche noch hatte sie mit ihrer Mutter telefoniert und dieser erzählt, wie schön es in Wien sei und wie glücklich sie sich fühle. Sie hatten über den geplanten Besuch ihrer Mutter in zwei Monaten geredet, hatten von Sehenswürdigkeiten geschwärmt und alte Familienanekdoten ausgetauscht. Sie hatten viel gelacht. Jetzt war alles anders.

Zum fünften Mal in der letzten Stunde ging sie zum Eingang, um die Schlösser zu kontrollieren, dann drehte sie die Fensterrunde. Ebenfalls zum wiederholten Mal. Ihr Handy hatte sie immer bei sich, sogar auf dem Klo. Sie hatte einen Button mit der Notrufnummer der Polizei belegt und geübt, ihre Adresse schnell und dennoch laut und deutlich zu sagen. Sie hatte die Bedienungsanleitung des kleinen Feuerlöschers in der Küche auswendig gelernt, als ginge es um ihr Leben. Sie hatte sich hundertmal vorgesagt, dass sie gut vorbereitet sei, wenn er kommen würde. „Er", denn sie zweifelte keine Sekunde daran, dass es ein Mann gewesen war, den sie vor zwei Tagen dabei beobachtet hatte, wie er die Journalistin auf grausame Art ermordet hatte.

Sie hatte sich instinktiv geduckt, als er auf die Becker losgesprungen war. Obwohl er sie gar nicht gesehen hatte, sie war gute fünf Meter entfernt zwischen den Sträuchern gewesen. Zunächst hatte sie der Schock erstarren lassen, dann das Grauen. Vielleicht hätte sie eine Chance gehabt, sich seitlich durch die Büsche zu entfernen und dann bis zum Ring vorzulaufen, ohne dass er sie erwischt hätte. Vielleicht. Aber sie war unfähig gewesen, sich zu bewegen. Sie hatte auch nicht wegschauen können. Jedes Detail hatte sich ihr unwiderruflich ins Hirn eingebrannt. In den zwei Tagen, die seit dem Mord vergangen waren, hatte sie die Szene immer und immer wieder vor sich gesehen. Und auch den Schluss, als der Mensch sich plötzlich umgedreht hatte und seinen Blick auf den Strauch gerichtet hatte, unter dem sie zitternd gehockt hatte. Einen Moment hatte er sie einfach angesehen. Der Mann war ihr bekannt vorgekommen, und auch in seinem Gesicht blitzte ein Funke des Erkennens auf. Dann war er langsam auf sie zugekommen, ganz behutsam, als wolle er ein verängstigtes Vöglein fangen, das man nicht erschrecken durfte. Dann hatte drüben auf dem Weg eine Joggerin gehustet und sie war aufgesprungen und um ihr Leben gelaufen.

Das Problem war, dass sie es niemandem erzählen konnte. Nicht einmal ihrer Mutter. Nicht einmal ihm. Besonders ihm nicht! Und wenn sie zur Polizei ginge, dann wäre ohnehin alles aus.

„Wer kann mir helfen?“, fragte sie in die Stille der Wohnung hinein. Dann ging sie die Eingangstür kontrollieren.

13

Ich fühle mich schmutzig.

Das ist kein Wunder, denn seit viereinhalb Stunden habe ich mit dem Krampen[1] gearbeitet und dabei gezählte dreiundzwanzig Wurzelstöcke ausgegraben, sie zerstückelt und zu dem stetig wachsenden Haufen bei der Einfahrt geschleppt. Die körperliche Arbeit tut mir gut, keine Frage. Meine Gedanken allerdings hatten in der Zwischenzeit einen kleinen Spaziergang unternommen. Interessanterweise auf den Leopoldsberg.

Zwei Tage sind vergangen, seit ich dort Lara Weiss getroffen und, um ganz ehrlich zu sein, seither nicht mehr vergessen habe. Eine interessante Frau. Eine gut aussehende Frau. Eine selbstbewusste Frau. Ich erinnere mich, dass sie es war, die mich angesprochen hat. Also, um genauer zu sein, sie hat einen regelrechten Flirt mit mir begonnen. Das war sehr ... inspirierend, muss ich sagen.

Um gleich eines klarzustellen: Ich bin nicht auf der Suche. Die letzte Frau, auf die ich mich eingelassen hatte, hat mir die Scheidungspapiere ins Gefängnis schicken lassen, meine Sachen in einem Mietcontainer deponiert und will, dass ich meine Tochter nie wieder sehe. Das alles als Reaktion auf die Erkenntnis, mit einem Mörder verheiratet gewesen zu sein, wäre hart, aber verständlich. Was ich aber nicht verstehe, ist die Tatsache, dass sie mich überhaupt für einen solchen halten konnte! Das tut weh, das tut sehr weh.

Lara „vom Leopoldsberg", wie ich sie in Gedanken nenne, hat übrigens ganz anders auf meine Eröffnung, wegen Mordes verurteilt gewesen zu sein, reagiert, als ich dachte.

„Dann hast du eine schlimme Zeit hinter dir", hatte sie gesagt und gleich darauf ein anderes Thema angeschnitten. Ich hatte noch nachgefragt, ob sie nicht wissen wolle ...

„Irgendwann wirst du es mir vielleicht erzählen, aber du machst nicht den Eindruck, dass du das unbedingt jetzt erledigen willst", war ihre Antwort gewesen. Damit hatte sie recht. Und ich hatte kaum verbergen können, wie sehr mich das „irgendwann" freute. Das hieß, sie schloss nicht aus, dass wir uns wiedersehen würden. Wie gesagt, ich war nicht auf der Suche, aber man soll interessanten Bekanntschaften nicht aus dem Weg gehen und ...

„Sie da! Geht das nicht ein bisschen schneller? Wofür glauben Sie, werden Sie bezahlt? Los, los, dort, den großen Strauch sollen Sie ausgraben!“

Ich drehe mich um und schaue in das lachende Gesicht der Lara vom Leopoldsberg, die knapp hinter mir steht und ungeniert meinen verschwitzten, dreckigen Oberkörper mustert.

„Hallo!“, sage ich und fühle mich ein bisschen unwohl. Ich trage nicht gerade das Outfit, in dem ich ihr bei einem möglichen Wiedersehen gegenübertreten wollte.

„Wo ist dein Borsalino?“, fragt sie ein wenig boshaft. Sie hat mir schon im Café am Leopoldsberg auf den Kopf zugesagt, dass ich ein wenig eitel bin. Ich wiederum habe ihr auf den Kopf zugesagt, dass sie ein wenig frech ist.

„Ausgegangen“, antworte ich, „auf einem Mietkopf.“

„Interessant“, sagt sie. „Schöner Garten. Da und dort ein bisschen was wegzwicken, hier und da zwei, drei Sträucher zurechtstutzen und er sieht aus wie im Katalog.“

Wir lachen.

Dann läutet mein Handy, das auf dem wackeligen Gartentisch liegt. Zuerst will ich das Gespräch gar nicht annehmen. Wahrscheinlich irgendein Reporter. Keine Ahnung, wie die meine Nummer rausbekommen haben, ich muss sie dringend ändern lassen. Aber es könnte J.J. sein, der sein Bier einfordert. Meine

Hände sind lehmverschmiert, ich tippe vorsichtig auf die Freisprechtaste.

„Ja bitte?"

„Herr Gardner, sind Sie das?"

Die Stimme kommt mir irgendwie bekannt vor. Ich bejahe.

„Ich habe Ihre Nummer bei den Unterlagen meiner Frau gefunden. Ich ... sicher wundern Sie sich, dass ich anrufe."

Unterlagen? Frau? Bekannte Stimme. Es kann sich eigentlich nur um Paul Becker handeln.

„Was kann ich für Sie tun, Herr Becker?"

„Ich habe eine offizielle Mitteilung der Staatsanwaltschaft erhalten. Betrifft den Fall Marielle Becker, stand fett gedruckt." Seine Stimme ist brüchig.

„Hat man den Mörder gefasst?"

„Nein. Die haben nicht einmal eine Spur."

„Das dachte ich mir", antworte ich ohne Genugtuung. „Messners These vom Raubmord ist doch absurd."

„Ja. Aber offenbar hat man ... die Sache abgeschrieben."

„Abgeschrieben?"

„Die Mitteilung betrifft die Einstellung der Untersuchungen. Offenbar wird der Fall aufgrund fehlender Spuren nicht weiterverfolgt, weil die Erfolgsaussichten

... wie es hier heißt - in keiner Relation zum Aufwand stünden."

„Jetzt schon?" Ich bin verblüfft. So viel kaltblütige Teilnahmslosigkeit hätte ich nicht einmal Messner zugetraut. Will er sich post mortem an Marielle Becker rächen, weil sie ihn in ihrem Artikel über meine Sache bloßgestellt hat?

„Haben Sie mit einem Anwalt gesprochen?", frage ich. „Er soll eine Eingabe bei der Staatsanwaltschaft machen, die ..."

„Nein, Herr Gardner", tönt es aus dem Lautsprecher. „Was soll das bringen? Wenn die Polizei bis jetzt kein Interesse gezeigt hat, wird sie es auch in Zukunft nicht tun. Erst recht nicht, wenn ich sie auf dem Rechtsweg dazu zwingen lasse. Die werden den Mord an Marielle nicht aufklären, davon bin ich mittlerweile überzeugt."

Ich verstehe ihn. Der Kampf mit den Behörden kann sehr zermürbend sein.

„Das tut mir sehr leid für Sie", sage ich und bemerke sofort, wie wenig tröstlich sich das anhört.

„Ich möchte Sie bitten, den Mörder meiner Frau zu finden, Herr Gardner. Ich finde, dass ist Ihre Pflicht. Sie sind ihr das schuldig."

---

1. Spitzhacke

14

Zwanzig Minuten sind genug, finde ich.

Genau so lange bin ich jetzt in der Wiener Innenstadt herumgelaufen und habe nachgedacht, ob ich das wirklich tun will.

Als Becker gestern von mir verlangt hat, den Mörder seiner Frau zu finden, fehlten mir zunächst die Worte. Dann habe ich ihn um Bedenkzeit gebeten und aufgelegt. Seine Behauptung, dass ich das seiner Frau schuldig sei, glich einer emotionalen Erpressung und ich lasse mich nicht gerne erpressen.

Das habe ich auch Lara Weiss erklärt, die das Gespräch gezwungenermaßen mitgehört und dabei den Namen Marielle Becker aufgeschnappt hatte. Dann fragte sie mich, ob das die ermordete Journalistin war und warum ich dieser etwas schuldig sei.

Wir setzten uns an den wackligen Tisch und ich begann zu erzählen.

Hat mich Lara Weiss in meiner Entscheidung beeinflusst? Ich kann es nicht sagen. Zusammenfassend möchte ich es so ausdrücken: Ich will nicht ermitteln!

Aber ich muss. Denn es ist meine Pflicht. Ich bin ihr das tatsächlich schuldig. Da hat ihr Mann leider recht.

Das ist das Ergebnis der soeben zu Ende gegangenen zwanzigminütigen Grübelei.

Hingegen habe ich mich der Frage, wie ich mehr in Erfahrung bringen kann, nur eine knappe halbe Minute gewidmet. Dann beschloss ich, der Petrova einen Besuch abzustatten.

Wissen Sie, es braucht eine Menge schmutziger Fantasie, um sich vorzustellen, was sich nach dem Zusammenbruch der Sowjetunion abgespielt hat. Und selbst dann bleibt man weit hinter der Wirklichkeit zurück. Anfang der Neunzigerjahre, als ehemalige Politbonzen und KGB-Offiziere begannen, sich Land, die ehemaligen Staatsbetriebe, das Waffen- und das Ölgeschäft untereinander aufzuteilen. Wobei „teilen" eigentlich der falsche Begriff ist. Sich gegenseitig abzujagen und zu rauben, wäre zutreffender. Gegen die russische Mafia ist die sizilianische oder die kalabrische nur ein harmloser Amateurverein.

Tatjana Petrova ist die Tochter von Gregor Petrov, einem ehemaligen General, der sich um die Jahrtausendwende zu einem der wichtigsten Drahtzieher im illegalen Waffengeschäft hochgearbeitet hatte. Woraus diese „Arbeit" bestand, will ich mir gar nicht vorstellen, und die Petrova schweigt sich über dieses Thema naturgemäß aus. Es ging jedenfalls um systematische Verkäufe von Beständen der aufgelösten Sowjetarmee. Als er mit dem so erzielten Vermögen begann, in seriöse Firmen zu investieren, wurden sein Sohn Fjodor und seine Tochter Tatjana natürlich in Schlüsselpositionen gesetzt, wie auch der Rest seiner Verwandtschaft. Eine neue Oligarchensippe war im Entstehen - bis der General beim Besichtigen einer Baustelle von einer Raupe überfahren wurde. Ein Unglück, wollte man der Familie weismachen. Aber zwei Wochen später krachte der Sportwagen von Fjodor ungebremst in einen Lastwagen und er starb. Ab diesem Zeitpunkt rechneten die Petrovs nicht mehr damit, sehr alt zu werden.

Tatjana hatte getan, was zu tun war, um in diesem Dschungel zu überleben. Sie floh nicht vor den Gegnern ihres Vaters, sondern ließ sich mit ihnen ein. Sie log, sie betrog, spionierte, spielte entscheidende Leute gegeneinander aus und erlebte ein paar schlimme Jahre. „Ich hab alles gemacht, was man im Leben nie machen will. Aber siehst du, ich lebe noch“, hatte sie mir einmal erzählt. „Anvertraut“ kann man nicht sagen, denn sie vertraut grundsätzlich niemandem mehr, außer ihrer selbst gemachten Lebensversicherung. Offenbar hat sie in mehreren Ländern Material deponiert, das im Fall ihres Ablebens veröffentlicht wird. Ich habe keine Ahnung, worum es sich handelt, aber es muss genug Brisanz in sich haben, um die Petrova plötzlich kugelsicher zu machen. Paradoxerweise wird sie nun von genau den

Leuten beschützt, die sie eigentlich erledigen wollten. Sehr diskret natürlich. Aber effektiv.

Bemerkt habe ich das bei einem Einsatz des BVT vor acht Jahren. Wir hatten seit Längerem einen tschetschenischen Geschäftsmann im Visier. Im Zuge der Observation tauchte auch Tatjana Petrova auf unserem Radar auf. Einer unserer V-Männer machte sich an sie heran. Er hoffte auf Insiderinformationen. Wahrscheinlich hoffte er auch auf ein paar heiße Nächte, sie war schön, er jung und testosterongeladen. Als er nicht den gewünschten Erfolg hatte, wurde er zudringlich. Später hat mir die Petrova erzählt, sie hätte sich durchaus alleine zu helfen gewusst, was ich ihr auf's Wort glaubte. Aber jemand nahm ihr die Arbeit ab. Unser V-Mann hatte Glück. Er überlebte. Mittlerweile bezieht er eine stattliche Invalidenrente. Heiße Nächte wird er allerdings nie mehr haben.

In den nächsten Jahren wurde Tatjana Petrova von der Verdächtigen zur Verbündeten. Sie hat dem BVT mehr als einen Tipp gegeben und alle waren sie richtig. Ohne mir schmeicheln zu wollen, kann ich sagen, dass sie mich mag. Nicht so, wie Sie vielleicht denken. Es ist vielmehr ein sehr korrektes, von gegenseitigem Respekt getragenes Verhältnis.

Ich bin mittlerweile fast am Fuß der Rotenturmstraße angelangt. Die Lobbying-Firma der Petrova ist in einem noblen Palais in der Habsburgergasse untergebracht. Ich drehe also um, gehe rauf bis zum Dom, dann nach rechts, den Graben entlang und biege nach zweihundert Metern links in die Habsburgergasse ab.

Kameras, elektronisch gesichertes Eingangstor, dezente Messingschilder. „TP-Consulting“, steht auf dem dritten von oben. Ich läute, nehme meinen Fedora ab, zeige der Kamera mein Sonntagsgesicht und wundere mich, dass der Türöffner fast augenblicklich summt. Das Treppenhaus ist ein Kunstwerk für sich, dann noch ein kurzer Gang mit einem Läufer, der einem Grandhotel zur Ehre gereicht hätte - und dann erwartet mich die Chefin persönlich vor der Tür.

15

„Dobre Djen, Leo Pawlewitsch!“

„Dobre Djen, Tatjana Gregorjewna, alle Juwelen der Romanows verblassen gegen Ihren Glanz“, erwidere ich die Begrüßung und ziehe galant den Hut. Tatjana lacht und küsst mich nach russischer Art dreimal, dann schiebt sie mich durch die Tür.

Fünf Minuten später sitzen wir in einer Art Bibliothek, deren Einrichtung ich samt den Bildern auf eine gute Million schätze. Euro, nicht Rubel. Wir trinken Tee, und damit meine ich richtigen Tee. Wenn man fünf Jahre im Gefängnis war, versteht man unter Tee ein wenig gefärbtes Wasser, das manchmal ein bisschen bitter ist und manchmal entfernt nach künstlicher Zitrone schmeckt. Der Tee, den mir die Petrova einschenkt, lässt einen die Augen schließen und die Seele auf eine Reise schicken. Aber man bekommt auch Herzrasen. Ungefragt schenkt sie mir auch ein Glas Wasser ein.

„Du hast dir meinen Wassertick gemerkt“, stelle ich lächelnd fest.

„Leo, mein Gedächtnis für solche Details ist mein Kapital. Meine Klienten lieben es, wenn ich ihre Kinder beim Namen nenne, auch wenn ich die noch nie gesehen habe. Meine Mitarbeiterinnen und ich, wir verwenden mehr Ressourcen darauf, persönliche Details über unsere Klienten in Erfahrung zu bringen als für die Aufträge selbst.“

Das „Mitarbeiterinnen“ ist nicht nur eine Form des Genderns. Soweit ich weiß, sind alle Angestellten von Tatjana Frauen. Zumindest vor meinem unfreiwilligen Urlaub auf Staatskosten war das so.

„Nur weil Frauen keinen Penis haben, heißt das nicht automatisch, dass sie bessere Menschen sind“, erklärte sie mir einmal, „Aber weil ich selbst eine bin, weiß ich am besten, wie sie denken, fühlen und handeln. Und das ist mir wichtig. Daher umgebe ich mich in der Firma nur mit Frauen. Dafür sind fünfundneunzig Prozent meiner Auftraggeber Männer.“

Ich vermute, dass sich ihre Einstellung nicht geändert hat. Vermutlich werde ich keinen Mann in diesen heiligen Hallen sehen.

Es klopft, die Tür geht auf und Erol Flynn kommt herein. Ein sehr junger Erol Flynn übrigens. Er kann unmöglich älter als zwanzig sein und obwohl man seinem Körper das harte Training ansieht, bewegt er sich mit einer Grazie und Eleganz, dass ich ihn förmlich als Balletttänzer vor mir sehen kann. Allerdings ohne die Neigung, die das Klischee damit verbindet. Dass er die Petrova vergöttert, merke ich in Sekundenbruchteilen. Und noch etwas merke ich sofort. Auch sie ist rettungslos in ihn verliebt.

„Entschuldigen Sie bitte. Es tut mir leid, ich wollte nicht stören …“ Er verbeugt sich vor mir, als wäre er ein Gardeoffizier auf dem Ball der Kaiserin, es fehlte nicht viel und er hätte die Hacken zusammengeschlagen. Dann beugt er sich zu Tatjana, überreicht ihr einen Computerausdruck und flüstert ihr etwas ins Ohr. Dann dreht er sich blitzschnell um, verbeugt sich erneut vor mir und geht ab.

Tatjana seufzt.

„Das war Lazlo. Glaubst du, ich werde alt, Leo?“

„Ist das eine Fangfrage?“

„Er ist halb so alt wie ich und der erste Mann, mit dem ich nur zum Vergnügen ins Bett gehe.“

„Immerhin weißt du, was du tust. Gehört er auch zu deiner Firma?“

„Er erledigt … na, sagen wir … heikle Aufgaben auf Honorarbasis.“

Das hatte ich mir schon gedacht. Seine anmutigen Bewegungen können mich nicht täuschen. Sicher hat er eine gediegene Nahkampfausbildung.

„Leo, es ist lange her. Du hast viel durchgemacht in den letzten Jahren. Ich weiß alles über deinen Prozess und deine Jahre im Gefängnis. Dein alter Kollege …”

„J.J."

„... ja richtig, so nennst du ihn. Also, er war einige Male bei mir und hat mich gebeten zu helfen. Ich habe etliches versucht, aber wir hatten keinen Ansatz. Nicht gegen diesen Messner und nicht gegen die Staatsanwaltschaft. Wenn wir den wahren Täter gefunden hätten ... aber das haben wir nicht, tut mir leid. Letztendlich hat dir nur die Geschichte der Reporterin geholfen, die jetzt tot ist."

„Das stimmt." Ich nicke. Wie üblich ist die Petrova bestens informiert. Jetzt richtet sie sich auf und sieht mich ernst an.

„Leo, was kann ich für dich tun? Brauchst du einen Job? Ich kann dir etliche vermitteln, bei denen die Bezahlung dein Gehalt beim BVT weit übersteigt."

„Das ist es nicht, Tatjana, trotzdem danke." Ich halte es für unnötig, ihr die Geschichte mit der Staatspension als Wiedergutmachung zu erzählen.

„Trotzdem möchte ich dich um einen Gefallen bitten."

„Ich höre dir zu."

„Die Polizei wird die Untersuchungen zum Mordfall Marielle Becker demnächst einstellen. Außerdem hätten die wahrscheinlich ohnehin nichts herausbekommen. Leiter der Ermittlung ist ausgerechnet Messner. Er ging von Raubmord aus."

„Dieser Idiot!"

„Ich habe dem Mann, also dem Witwer von Marielle Becker, zugesagt, dass ich versuche, ihren Mörder zu finden.“

Ich mache eine Pause. Die Petrova schweigt. Aber nicht lange, dann nickt sie.

„Das ist gut von dir. Anständig. Ich mag das. Ich mag dich. Ich werde dir helfen. Du bekommst alles, was ich und meine Leute an Informationen beschaffen können. Wir fangen mit den Beckers selbst an und nehmen uns dann das berufliche Umfeld der Toten vor. Woran sie zuletzt gearbeitet hat und so weiter.“

Wir stehen gleichzeitig auf, ich drücke ihr die Hand, bedanke mich und sie küsst mich dreimal. Dann gehe ich.

Schon in der Tür, während ich meinen Hut aufsetze, drehe ich mich nochmals um.

„Ach, Tatjana, es hat nichts mit diesem Fall zu tun, aber ... wenn ich dir die Firma und die Adresse maile, könntest du mir auch Informationen über eine gewisse Lara Weiss besorgen?“

16

„Hast du den Einsiedler gesehen?“

„Nein, wieso? Was ist mit ihm? Hat er eine andere Frisur? Ist heute der Tag der Sensationen?“

Gisela lachte. Die Fragen waren natürlich als Witz gemeint. Eher würde der Bundespräsident nackt auf dem Heldenplatz tanzen, als dass der Einsiedler irgendetwas ändern würde. Das betraf nicht nur seine Frisur, sondern auch sein übriges Outfit, seine Grußformel, seine Pausenzeiten und den gesamten täglichen Arbeitsablauf.

„Er ist eine halbe Stunde später gekommen und sieht total verwirrt aus.“

Vera schüttelte den Kopf. Das hatte sie noch nie erlebt.

„Vielleicht hat die U-Bahn Verspätung gehabt, das kann einen wie ihn oft tagelang aus dem Gleichgewicht bringen“, mutmaßte Gisela.

„Ja, aber jetzt sitzt er seit einer Stunde im Büro, und wie ich ihm die Post vorbeibringe, sehe ich, dass der Computer gar nicht eingeschaltet ist. Verstehst du? Er sitzt einfach da und schaut ins Leere. Ich glaube, er hat mich gar nicht bemerkt."

„Dann ist es also so weit. Ich hab mir das schon immer gedacht. Ich meine, irgendwas stimmt doch nicht mit dem, oder? Ist noch keine vierzig und benimmt sich wie ein Sechzigjähriger! Kein Büroflirt, keine privaten Gespräche ... Ich hab den noch nie auf einer Firmenfeier gesehen. Der arbeitet wie ein Roboter, ich mein, der hat doch was, oder?"

Ein paar Meter weiter saß Hoffmann in seinem Büro und starrte vor sich hin. Der Computer lief immer noch nicht. Eine Viertelstunde später fuhr er ihn schließlich doch noch hoch und begann, diverse Nachrichtenportale nach dem Mord zu durchsuchen. Als er damit durch war, rief er das elektronische Telefonbuch auf. Schon bald hatte er die Nummer gefunden und tippte sie in sein Handy ein, aber bevor er die „Anruf"-Taste drückte, ließ er die Hand wieder sinken und schloss die Augen. Nach zwei Minuten rief er endlich an. Automatisch zählte er mit. Es läutete fünfmal. Dann wurde abgehoben.

„Becker."

Er legte auf.

17

Verstehen Sie mich richtig, das bin ich nicht! Das ist nicht meine Art, das ist kein Verhaltensmuster, das ich normalerweise an den Tag lege! Ich bin kein Neurotiker und ich leide nicht an Verfolgungswahn. Weder vermute ich einen wahnsinnigen Mörder hinter jedem Fahrradboten, der an die Tür klopft, noch glaube ich, dass Außerirdische mein Gehirn aussaugen, während ich schlafe.

Warum also habe ich Tatjana gebeten, auch Lara Weiss zu durchleuchten?

Ich versuche, mir selbst darüber klar zu werden, während ich durch die Innenstadt gehe. Bin ich durch die Erfahrungen im Gefängnis übervorsichtig geworden? Hat mich das Verhalten meiner Frau verbittert? *Die Gattin kann ferner Trost sein im Leid, sie hat keine geringeren Aufgaben als der Mann,* schrieb Seneca. Meine war mir kein Trost. Im Gegenteil. Ihr Scheidungsantrag war wie der Tritt auf einen am Boden liegenden Menschen.

Aber ich denke, der Hauptgrund war Laras Zielstrebigkeit am Leopoldsberg. Sie hat mich angesprochen, sie wollte mich kennenlernen.

Moment! Tun Sie das nicht! Glauben Sie jetzt nicht, ich sei ein vorvorgestriger Macho, der einer Frau nicht das gleiche Recht zugesteht, einen Mann anzusprechen und aufzureißen, wenn sie Lust dazu hat. Das ist es nicht! Damit habe ich kein Problem. Ich weiß auch, dass ich ganz gut aussehe und Frauen mich attraktiv finden. Das hat jetzt mit Eitelkeit gar nichts zu tun, das sind einfach meine Erfahrungswerte. Aber Lara Weiss hat mich irgendwie ... vereinnahmt, hat sich auch durch meine Gefängnisgeschichte nicht abhalten lassen, auch nicht, als ich die Mordanklage erwähnt habe. Sie hat mich ohne Weiteres im Garten besucht - unangekündigt, und sie hat mein Gespräch mit Becker mitgehört. Okay, das war meine Schuld, ich hätte ja nicht freisprechen müssen, hätte sie auch bitten können, sich ein paar Schritte zu entfernen, etc. Aber macht man das nicht als unfreiwilliger Zuhörer eines fremden Telefonates ohne Aufforderung? Egal, wie auch immer ...

Lächerlich! Ich unterbreche meinen Gedankengang, hole mein altes iPhone raus und suche den Kontakt der Petrova. Ich werde ihr sagen, sie soll die Lara-Weiss-Sache vergessen und ...

Ein eingehender Anruf. Es ist Lara. Wenn man vom Teufel spricht.

„Hallo", sage ich. Die Telefonnummern haben wir bei ihrem unangekündigten Gartenbesuch getauscht.

„Ich suche einen gut ausgebildeten Gärtner, der auch vor schweren Aufgaben nicht zurückschreckt, Erfahrung hat und kein bisschen eitel ist", erklärt sie. „Kannst du mir einen empfehlen?"

„Schon, aber das wird teuer", erwidere ich.

„Geld spielt keine Rolle", erklärt sie lachend. „Ich bin an einem Heiratsschwindler dran, der mich ausnehmen will. Ich vermute, dass er etliches investieren wird, um mich in Sicherheit zu wiegen. Ein Gärtnerhonorar kann ich ihm da bestimmt abluchsen."

„Tja, dann. Wohin soll ich ihn schicken?"

„Zu mir. Wäre morgen Abend in Ordnung?"

„Das ist eine seltsame Zeit für Gartenarbeiten."

„Eigentlich brauche ich ihn für etwas anderes."

In mir breitet sich ein leichtes Kribbeln aus, das ich schon sehr lange nicht mehr gespürt habe. Gleichzeitig schüttle ich den Kopf. Das kann nicht sein. Sie wird doch nicht ... Ist diese Frau gerade dabei, mich unverblümt zu einem erotischen Treffen einzuladen?

„Sooo, zu etwas anderem ...", sage ich.

„Leo“, sagt sie jetzt ernst, „ich weiß, wir kennen uns noch nicht so lange, das muss dir jetzt ungewöhnlich vorkommen, aber ich möchte dich um einen großen Gefallen bitten.“

Okay, es geht also doch nicht um Romantik. Irgendwie bin ich erleichtert. Meine Alarmglocken verstummen langsam wieder.

„Worum geht es, Lara?“

„Mein Chef ist ein wenig unter Druck, er muss morgen bei einem Empfang in der Hofburg ein bisschen Gesichtswäsche betreiben und ein paar Hände schütteln.“

„Der arme Mann.“

„Ja. Unsere Firma hat einen großen Kunden, und dessen CEO wird dort geehrt. Natürlich müssen wir gratulieren und ihn beklatschen, aber mein Chef hat eine Terminkollision. Und deshalb hat er eine seiner verlässlichsten, begabtesten, bestaussehenden und bescheidensten Mitarbeiterinnen beauftragt, ihn zu vertreten.“

Ich verziehe den Mund, ahne, was kommt.

„Gratuliere der Dame“, sage ich. „Kennst du sie persönlich?“

„Nur flüchtig. Vom Sehen. Eine eingebildete Ziege.“

„Klingt unangenehm.“

„Ja, nicht wahr. Deshalb wollte ich den Gärtner zum Ziegenbock machen und ..."

Jetzt muss ich lachen und sie lacht mit. Ein schöner Moment. Aber ich muss trotzdem absagen. Offizielle Anlässe sind mir ein Gräuel. Sich selbst beweihräuchernde Geschäftsleute sind mir ein Gräuel. Kurzfristige Einladungen sind mir ein Gräuel. Und was mir am meisten ein Gräuel ist - wenn ich einen Menschen nicht genau einschätzen kann. Und Lara Weiss kann ich definitiv nicht genau einschätzen.

„Ich schätze, dieses Zögern ist ein klares ‚Nein'?"

„Es tut mir leid, aber ja, das ist ein ‚Nein'." Irgendwie tut es mir wirklich leid.

„Leo, ich will wirklich nicht mit der Mitleidsmasche kommen, aber wenn ich keine geeignete Begleitung vorweisen kann, wird mir mein Chef unseren Marketingleiter umhängen und der kann nach dem zweiten Glas Champagner seine Hände nicht bei sich behalten und ich werde ihm die Nase brechen müssen und dann wird er Schmerzensgeld ohne Ende verlangen und mein ganzes Vermögen geht den Bach runter und dann bleibt für einen Heiratsschwindler kaum mehr was über. Kannst du das zulassen?"

„Es muss ja nicht gleich die Nase sein."

„Anderweitige Verletzungen werden noch teurer, fürchte ich."

Ich seufze. Das hätte ich nicht tun sollen. Sie merkt, dass ich schon halbgar bin.

„Du hättest dann bei mir etwas gut. Ich bin ziemlich gut in Informationsbeschaffung. Ich kann dir bei deinem Fall helfen."

Habe ich überhaupt einen Fall?

Eigentlich schon.

Brauche ich Hilfe?

Eigentlich schon.

„Willst du mir den Gefallen tun, Leo?"

„Eigentlich ... schon."

18

Nachdem sie sich übergeben hatte, ging sie in den Waschraum, spülte sich den Mund aus, wusch ihr Gesicht und blieb dann regungslos stehen, um in den Spiegel zu starren. Minutenlang. Nahezu teilnahmslos beobachtete sie, wie sich ihr Gesicht langsam zu einer hässlichen Fratze verzog, bis nichts Menschliches mehr in ihren Zügen lag.

„Arschloch!“, stieß sie hasserfüllt hervor. „Hurensohn, Missgeburt, Dreckshaufen! Ich sollte dich umbringen, dich zertreten, dich ...“ Sie brach in Tränen aus und schlug die Hände vors Gesicht.

„Und du tust, als ob nichts wäre, gar nichts wäre und ich mache mit, mache alles mit, so, wie ich immer alles mitmache ...“ Erneut spülte sie sich den Mund aus, erneut rieb sie sich das Gesicht mit kaltem Wasser ab, erneut starrte sie in den Spiegel. Dann holte sie einen kleinen Flachmann aus ihrer Handtasche und nahm einen kräftigen Schluck. Das Brennen im Mund ließ sie aufkeuchen und sie schüttelte sich. Sie hätte gerne geraucht, aber sogar im Waschraum hatte man Feuermelder montiert. Aber der Wunsch nach einer Beruhigungszigarette wurde übermächtig.

„Dann muss ich eben raus“, sagte sie entschlossen und verließ den Raum. Am Gang überlegte sie, in welcher Richtung der kürzeste Weg ins Freie lag.

„Brauchen Sie Hilfe?“

„Nein, das heißt ja, haben Sie eine Ahnung, wo man hier rauchen kann? Gibt es einen Balkon oder so etwas?“

„Ja. Ich bin auch gerade am Weg.“

Sie ging ihm nach, kramte in ihrer Tasche nach der Packung, nahm eine Zigarette heraus, steckte sie zwischen die Lippen und suchte das Feuerzeug.

„Hier durch.“ Er hielt ihr die Tür auf. Sie trat ein, hatte das Feuerzeug immer noch nicht gefunden.

„Haben Sie vielleicht Feuer, ich kann meines ...“

Der Schlag kam völlig unerwartet. Mit einem knirschenden Geräusch zersplitterte ihr Nasenbein, der Sack, der ihr gleich darauf über den Kopf gezogen wurde, war in Sekunden durchnässt von der Blutfontäne, die aus ihrer rasch anschwellenden Nase spritzte. Im ersten Schock hatte sie nicht einmal geschrien, jetzt versuchte sie es, aber es wurde nur ein dumpfes Stöhnen. Dann kamen die Schläge. Schon nach dem dritten fiel sie hintenüber und schlug hart mit dem

Hinterkopf auf. Sie wurde kurz ohnmächtig, wachte aber gleich wieder auf, als die nächsten Schläge kamen. Er musste jetzt auf ihr knien und mit zerstörerischer Wut auf sie eindreschen. Immer wieder auf dieselbe Stelle, genau in die Mitte, da wo einmal ihre Nase gewesen war, da wo einmal der Schwung ihrer Oberlippe Männer zum Schwärmen gebracht hatte, da wo einmal ihre schönen weißen Zähne geschimmert hatten.

19

„Schwanger?“, sage ich an das fragende Gesicht der Lara vom Leopoldsberg gewandt. Sie sitzt neben mir im GT und wir fahren Richtung Hofburg.

„Gratuliere“, erwidert sie und legt mir ohne Weiteres die Hand auf den Bauch. „Dabei spürt man noch gar nichts. Was wird es denn?“

„Nicht ich“, stelle ich unnötigerweise klar. „Marielle Becker.“

„Oh!“ Sie wird ernst. „Das ist … traurig.“

„Ja. Sogar doppelt traurig.“

Vor zwei Minuten hat mich die Petrova am Handy angerufen. Zuerst wollte ich nicht abheben, weil Lara neben mir saß, aber dann dachte ich, dass Tatjana nur anrufen würde, wenn es wirklich wichtig war.

„Dobre Djen, Leo Pawlewitsch!“

„Dobre Djen, Tatjana Gregorjewna. Das ging aber sehr schnell.“

„Wir sind noch nicht sehr weit, Leo, aber zumindest den Obduktionsbericht konnten wir für dich ... ausborgen. Das Gesicht wurde durch schwere Schläge regelrecht zertrümmert. Immer an dieselbe Stelle. Vielleicht mit einem Hilfsmittel, denn eine unbandagierte Faust würde selbst Schaden nehmen, die Knöchel wären gebrochen und so weiter, aber das Gesicht des Opfers natürlich auch. Das war praktisch nicht mehr vorhanden. Ausgelöscht.“

„Das ist furchtbar.“

„Ja. Nicht gerade die normale Methode eines Raubmörders. Aber was dich mehr interessieren dürfte, die Frau war schwanger.“

„Oh.“ In meinem Gehirn hatte es fieberhaft zu arbeiten begonnen und weil die Petrova das wusste, hatte sie sich nach zwei, drei Höflichkeitsfloskeln verabschiedet.

„Warum doppelt traurig?“, fragt Lara jetzt.

„Weil mir Becker, also der Witwer, erzählt hat, dass sie unfruchtbar war. Also, so wie es aussieht - geglaubt hat, es zu sein. Sie haben alles versucht, sagt er. Und weil nichts geklappt hat, wollten sie ein Kind adoptieren. Und hatten die Zusage schon in der Tasche.“

„Sowas gibt es. Wenn eine Frau sich selbst zu viel Druck macht, klappt es oft nicht, auch wenn körperlich alles in Ordnung ist. Fällt der Druck dann weg, zum Beispiel weil die Adoption unter Dach und Fach ist, empfängt sie plötzlich."

Ich sehe kurz zu Lara hinüber, die Unbekümmertheit, die sonst immer in ihrer Stimme mitschwingt, ist verschwunden. Auch ihr Gesicht ist sehr ernst. Redet sie aus Erfahrung? Immer noch weiß ich so gut wie nichts von ihr. Das muss sich ändern. Gleichzeitig fühle ich wieder tiefe Scham, dass ich die Petrova auf sie „angesetzt" habe. Außerdem könnte das auch zu sehr peinlichen Situationen führen.

Stellen Sie sich vor, wenn Tatjana am Telefon etwas gesagt hätte wie: „Ach und übrigens, du wolltest doch etwas über Lara Weiss wissen. Also, sie arbeitet als Spitzel für die Kriminalpolizei, die setzen sie wahrscheinlich mit ihrer Vergangenheit als Edelprostituierte unter Druck."

Blödsinn! Aus! Morgen rufe ich an und bitte die Petrova, keine Erkundigungen über Lara Weiss einzuholen.

Mittlerweile ist es ruhig im Wagen, man hört nur den kraftvollen Klang des GT, dann sind wir am Ziel und ich fahre in die Tiefgarage.

Die Wiener Hofburg gibt es nicht.

Das, was man heute als Hofburg bezeichnet, ist in Wahrheit eine kleine Stadt, in der über fünftausend Menschen arbeiten und zum Großteil auch leben. Ursprünglich noch von dem Babenberger Leopold VI. als Teil der Stadtbefestigung in Auftrag gegeben, war die Burg zuerst mit Türmen und Graben eher eine Wehranlage, als eine Residenz. Aber durch unzählige Zu- und Ausbauten entwickelte sie sich in den sechshundert Jahren unter den Habsburgern zum größten Gebäudekomplex Mitteleuropas, der nicht religiösen Zwecken diente. Heute beherbergt sie eine Vielzahl an Büros, Wohnungen, Veranstaltungssälen, Archiven, Bibliotheken, Museen, zwei Kirchen und natürlich den Sitz des Bundespräsidenten. Außerdem Teile der spanischen Hofreitschule, der OSZE, den Heldenplatz und ein gewaltiges Kongresszentrum.

In meinen Dienstjahren beim BVT habe ich gefühlte tausend Abende und Nächte in diesen Gemäuern verbracht. Bei Staatsbesuchen, internationalen Konferenzen, Empfängen und Regierungsangelobungen - im Hintergrund waren wir überall dabei, sorgten für die Sicherheit und beobachteten natürlich, hörten mit und analysierten, was denn wie und wer mit wem.

Als wir die Treppe zum kleinen Redoutensaal hinaufsteigen, drehen sich viele Männer nach meiner Begleitung um. Zu Recht, wie ich zugeben muss. Lara Weiss sieht großartig aus. Das Abendkleid unterstreicht ihre Weiblichkeit äußerst vorteilhaft. Auch ich kann meine Bewunderung nicht verbergen. Zeit für ein Kompliment.

„Deine Garderobe steht dir wirklich ausgezeichnet."

„Danke, so wie dir deine weißen Schuhe."

„Ach, findest du sie zu auffällig?"

„Na ja, findest du mein Kleid zu auffällig?“

„Ein bisschen gewagt, vielleicht.“

„Ja. Ich pfeife auf die Sittsamkeit und mache mir ’nen Schlitz ins Kleid.“

Um das Gesagte zu unterstreichen, nimmt sie jetzt zwei Stufen auf einmal, wodurch besagter Schlitz ihr Bein kurzzeitig bis zur Hälfte des Oberschenkels freilegt, was einen Mann neben uns derart ablenkt, dass er stolpert und fast die Treppe hinunterfällt.

„Donnerwetter“, sage ich.

„Das war nur die Probe“, erklärt Lara. „Der Kunde ist tatsächlich sehr wichtig für unsere Firma.“ Ich nicke und komme mir ein bisschen vor wie ein Zuhälter. Überhaupt fühle ich mich nicht sonderlich wohl. Die Assoziation Hofburg - BVT dient nicht gerade dazu, meine Laune zu heben. Der Trubel bei dem Empfang ist ohnehin nicht „so meines“ und zu allem Überfluss scheint Lara hier Gott und die Welt zu kennen, was für mich bedeutet: Hände schütteln, lächeln, vorgestellt werden, noch mehr Hände schütteln, noch mehr lächeln etc.

Nach fünfzehn Minuten, die Veranstaltung hat noch gar nicht richtig angefangen, stelle ich meinen Champagner ab, verlange beim Kellner Wasser, entschuldige mich bei Lara und begebe mich in Richtung der Toiletten. Nicht weil ich müsste, sondern um ein paar Schritte weiter ein ruhiges Plätzchen zu finden, an dem ich ein bisschen Stille tanken kann.

20

Eigentlich ist es ganz einfach. Auch im größten Trubel, mit Hunderten Menschen und einem gewaltigen Lärmpegel, genügt es oft, den richtigen Seitengang zu nehmen, und schon ist man alleine. Ich lächle und schaue auf meine Camaro. Kurz nach neun. Ich genehmige mir zehn Minuten. Oder, sagen wir, eine Viertelstunde. Lara ist in meiner Begleitung hergekommen, dem Anschein ist somit Genüge getan, ich habe mich bisher wacker geschlagen und werde das auch weiterhin tun, da ist es nur recht und billig, dass ich eine Viertelstunde für mich habe.

Wenn mich mein Gedächtnis nicht täuscht, müsste kurz vor dem nächsten Quergang links eine Tür zu einem Besprechungsraum mit Balkon sein. Früher haben die BVT-Kollegen, die es notwendig hatten, hier ihre inoffiziellen Rauchpausen verbracht. Ich rauche zwar nicht, aber vom Balkon aus ein wenig den Josefsplatz bei Nacht betrachten ist ganz nett. Mittlerweile ist ja wieder alles renoviert worden. Denn nach dem

Bombenanschlag, als in die Schatzkammer eingebrochen wurde, blieb hier kein Stein auf dem anderen. Ich habe davon nur in der Zeitung gelesen und war kurzfristig sogar froh, im Gefängnis gesessen zu sein. Noch mehr froh war ich, dass die Cobra den Großteil der Aktion verbockt hatte und nicht wir vom BVT. Komisch, ich sage noch immer „wir", wenn ich vom BVT rede. Sie kennen das sicher, so was geht einem jahrelang nicht aus dem Kopf.

Leider bin ich nicht der Einzige, der hier in den Seitengängen nach ein wenig Ruhe sucht. Wir Stoiker sind zwar nicht menschenscheu, aber man kann ja alles übertreiben. Und ein Empfang in der Hofburg, wo alle Wiener B-Promis aufmarschieren, gehört zweifelsohne dazu. Noch aus der Entfernung sehe ich, wie ein Mann im Anzug aus der bewussten Tür kommt und um die nächste Ecke biegt. Ob das ein Ex-Kollege war? Allerdings ist die heutige Veranstaltung eine der Wirtschaft und keine der hohen Politik, normalerweise ist das BVT da nicht im Einsatz. Möglicherweise hat sich der nicht öffentliche Raucherbalkon aber auch unter ortskundigen Gästen herumgesprochen, oder ein Paar hat den Raum zu einem sehr persönlichen Treffen genutzt. In diesem Fall wird in spätestens zwei Minuten die Tür aufgehen und eine Frau herauskommen, die sich in die entgegengesetzte Richtung entfernt. Eine Frau, die momentan noch dabei ist, ihre derangierte Garderobe zu ordnen. Da will ich natürlich nicht stören. Ich warte also zwei Minuten und betrachte die Bilder an den Wänden des Ganges.

Nach vier Minuten muss ich zugeben, dass vermutlich meine Fantasie mit mir durchgegangen ist, und frage mich sofort warum. Kommt das aus meinem Unterbewusstsein? Wünsche ich mir ein „sehr persönliches Treffen" mit Lara Weiss, in diesem verlassenen Raum, während ein paar Dutzend Meter weiter die heiße Schlacht ums kalte Buffet tobt?

Ich weiß es nicht und will es momentan auch gar nicht herausfinden. Aber der Raum samt Balkon scheint frei zu sein, ich trete ein.

Wissen Sie, man kann das wissenschaftlich nicht erklären, aber es gibt diese Alarmglocken, die manchmal mit einer derartigen Heftigkeit anschlagen, dass der Puls in Sekundenbruchteilen auf hundertachtzig ist. Wenn man, so wie ich, zuerst jahrelang beruflich in gefährlichen Situationen war und dann jahrelang im Gefängnis, wo die Gefahr auch im Alltag hinter jeder Ecke lauert, dann ist man natürlich noch empfänglicher für solche Signale, aber in diesem Raum war eine so böse Energie spürbar, dass es vermutlich auch dem abgestumpftesten Klotz die Nackenhaare aufgestellt hätte.

Instinktiv halte ich den Atem an, gehe fast unmerklich in die Knie, drehe mich leicht zur Seite und bringe meine Unterarme in Brusthöhe. Eingedrilltes Verhalten.

Der Raum ist dunkel, die Lichter des Platzes unterhalb von Fenster und Balkontüre lassen nur die Decke des Zimmers ein wenig schimmern. Lautlos drehe ich mich um die eigene Achse, und checke den toten Winkel in der Türnische.

Nichts.

Mit einer raschen Bewegung schalte ich das Licht an und ducke mich etwas. Links von mir, knappe drei Meter entfernt, sehe ich jemand am Boden liegen. Anstatt hinzustürzen, wende ich mich der rechten Zimmerhälfte zu. Sollte ein potenzieller Angreifer im Raum sein, versucht er es mit Sicherheit von dort aus. Ich verharre zwei Sekunden und nehme das Bild in mich auf. Ein niedriger Tisch, zwei Biedermeierstühle und eine Art Kommode. Keine Möglichkeiten, sich zu verstecken. Wendung nach links. Ein Sofa und eine Bücherwand. Auch hier kann sich niemand verstecken. Ich sprinte vor zur Balkontüre und reiße sie auf.

Nichts.

Automatischer Blick auf die Camaro: sechs nach neun und vierzig Sekunden. Jetzt bin ich bereit, Erste Hilfe zu leisten, auch wenn mir etwas sagt, dass das nicht mehr nötig sein wird.

Ich habe recht.

Die Frau am Boden hat einen Stoffsack über dem Kopf, der blutdurchtränkt ist, wie die Schürze eines Fleischers beim Abstechen. Ihre Hand ist noch warm, aber ich finde keinen Puls. Der Mann von vorhin!

Instinktiv springe ich auf und will hinausstürzen, bremse aber bei der Tür wieder ab. Er hat sechs Minuten Vorsprung und alles, was ich gesehen habe, ist ein dunkler Anzug von hinten. In der Zwischenzeit kann er das Gebäude schon verlassen haben. Vielleicht hat er sich aber auch unter die Gäste des Empfanges gemischt. Es wäre sinnlos, wie ein aufgescheuchtes Huhn herumzulaufen und für Panik zu sorgen.

Ich wähle die Notrufnummer, sage, was es zu sagen gibt, und verspreche, bei der Haupttreppe zu warten, um Sanitäter und Beamte einzuweisen.

21

Er war ganz ruhig. Ruhiger als beim ersten Mal. Es war auch leichter gegangen als beim ersten Mal. Diesmal hatte es auch keine Zeugen gegeben.

Vielleicht abgesehen von dem Mann am Ende des Ganges, der in seine Richtung geschlendert war. Aber der hatte sein Gesicht nicht sehen können. Auch er hätte den anderen nicht beschreiben können. Nur ein Detail war ihm aufgefallen, der andere hatte weiße Schuhe getragen. Offensichtlich ein eitler Mensch.

Er nahm einem der Kellner ein Glas Rotwein ab und nippte vorsichtig. Ausgezeichnet! Er trank, nickte einem Bekannten zu und überprüfte nochmals seine Hände und Hemdmanschetten. Keine Spur. Die Gummihandschuhe hatte er in einem Mülleimer auf der Toilette entsorgt, der Leinensack hatte aber ohnehin das Schlimmste verhindert. Er nahm noch einen Schluck. Gut möglich, dass der Mann an dem Raum vorbeigegangen war. Gut möglich, dass die

Leiche überhaupt erst morgen gefunden wurde. Aber selbst wenn sich früher jemand in das Zimmer verirren würde - es würde keine Probleme geben.

Dann bemerkte er eine gewisse Unruhe am Ende des Saales. War es schon so weit? Er nahm sich ein Brötchen und schlenderte in die Richtung. Tatsächlich diskutierten dort einige Leute relativ unentspannt. Die Location-Managerin des Kongresszentrums kannte er flüchtig, zwei Securitys in den obligatorischen dunklen Anzügen standen dabei und die anderen Herrschaften waren schon von Weitem als Polizisten in Zivil zu erkennen. Das Foto des einen war momentan in allen Medien präsent. Es war der Kommissar, der den Mordfall Marielle Becker untersuchte.

Man hatte also das Opfer schon gefunden und nun versuchten die Veranstalter, die Polizei zu überreden, so diskret wie möglich vorzugehen. Aber was gerne in Fernsehkrimis gezeigt wurde, dass die Beamten nämlich an Ort und Stelle dreihundert Gäste verhörten, war ohnehin utopisch. Eher würde in den nächsten Tagen ein Aufruf der Polizei veröffentlicht, mögliche Zeugen sollten sich doch bitte melden.

Nur ein Dummkopf würde unter solchen Umständen die Gesellschaft jetzt schon verlassen. Er jedenfalls gedachte noch gute zwei Stunden zu bleiben. Gerade als er sich wieder in den Trubel der Saalmitte zurückziehen wollte, zog ein Mensch seine Aufmerksamkeit auf sich.

Der Kommissar hatte die Diskutierenden verlassen und sich an ein Paar gewendet, das bisher durch eine Säule verdeckt gewesen war. Die Frau war auffallend hübsch, mit einer rötlichblonden Hochsteckfrisur und einem langen Kleid mit gewagtem Schlitz. Der Mann trug den üblichen Anzug, dazu aber auffallende, nahezu weiße Schuhe.

22

Eines muss ich Lara vom Leopoldsberg lassen. Sie denkt ungeheuer praktisch. Als ich ihr vor einer knappen halben Stunde erklärt habe, dass der Abend wohl länger dauern würde, weil ich soeben eine Leiche gefunden hätte und die Polizei im Anrücken sei, sagte sie nur: „Dann sollten wir noch schnell etwas essen, wer weiß, wann wir wieder Gelegenheit dazu haben. Und für dich holen wir ein wenig Wasser."

Junge, Junge, dieser Frau entgeht rein gar nichts. Anschließend boxte sie sich mit bemerkenswerter Unverschämtheit zum Buffet durch und kam mit einem übervollen Teller zurück. Wir suchten uns eine weniger laute Ecke im Saal und begannen zu essen. Erst dann wollte sie Details wissen und ich begann zu erzählen.

Auch Lorenz Messner erstaunt mich heute. Er war ungeheuer schnell vor Ort. Sonst fällt mir nichts Positives ein. Schon als ich ihn mit den Securitys und der

Veranstalterin sprechen sehe, brauche ich meine ganze stoische Weisheit, um sein aufgeblasenes Gehabe zu verkraften. Lara hat sich übrigens geweigert, drinnen weiter zu feiern und ihre Pflichten als firmengesandte Bauchpinslerin zu erfüllen, stattdessen steht sie neben mir und wartet.

„Wer ist der Trottel?", flüstert sie und deutet auf Messner, der gerade die Securitys zur Schnecke macht.

„Mehr Respekt bitte. Das ist nicht irgendein Trottel, das ist der leitende Trottel in Sachen Marielle Becker. Der übrigens auf Raubmord tippt. Wahrscheinlich tut er das heute auch. Ach, und er ist auch der großzügige Menschenfreund, der mir den Gratisaufenthalt hinter schwedischen Gardinen ermöglicht hat", antworte ich leichthin.

„Wie reizend. Hast du dich auch ordentlich bedankt bei ihm?"

„Noch nicht genug, ich werde ihm morgen noch zwei Dutzend Rosen schicken."

„Fein. Ich nehme an, du würdest es begrüßen, wenn ich ihm im Laufe unserer - wie heißt das? Vernehmung? Zeugenaussage? Personalienaufnahme? - Also wenn ich mich da vor Aufregung ungeschickterweise auf seinen Anzug übergeben würde?"

„Großartige Idee. Kleine Geschenke erhalten die Freundschaft."

Messner hat uns wohl aus dem Augenwinkel grinsen gesehen, vielleicht hat er aber auch einfach genug von dem hoffnungslosen Versuch, die Veranstalter zu überreden, das Fest abzubrechen und alle für eine Zeugeneinvernahme festzusetzen. Er ist absolut der Typ, der so was ernsthaft verlangt. Jetzt kommt er zu uns.

„Das müssen Sie mir jetzt erklären“, sagt er statt einer Begrüßung, während er Laras Figur taxiert. Zuerst will ich gar nicht antworten, aber dann höre ich auf Marc Aurel: *Mache dich von den Vorurteilen los, und du bist gerettet.*

„Ihnen auch einen guten Abend, Major Messner. Was genau verstehen Sie nicht?“

„Das kann ich Ihnen sagen. Kurz nach Ihrer Freilassung wird eine Frau ermordet, die für Sie gearbeitet hat.“

„Moment! Marielle Becker? Für mich gearbeitet? Was für ein Blödsinn. Sie war eine Journalistin, die meine Geschichte recherchiert und den Fall aufgerollt hat. Einschließlich der Ermittlungsfehler der Polizei, sprich: Ihrer Ermittlungsfehler. Aber deshalb hat sie noch lange nicht für mich gearbeitet!“

„Das weiß ich, Sie Schlaumeier, aber diese Frau hat Sie rausgeboxt. Sie kommen frei, die Frau ist tot. Und ein paar Tage später finden Sie eine Leiche. So ein Zufall. Sie ziehen das Unglück an. Also, verabschieden Sie sich von der Dame, Sie kommen mit und wir suchen uns ein ruhiges Plätzchen und nehmen Ihre Aussage auf. Einschließlich Ihrer Erklärung, was Sie überhaupt in dem Zimmer dort wollten. Das war klar im nicht öffentlichen Bereich."

„Ich habe ein bisschen Ruhe gebraucht."

„Tatsächlich?"

„Es gibt für den Menschen keine geräuschlosere und ungestörtere Zufluchtsstätte als seine eigene Seele. Halte recht oft solche stille Einkehr und erneuere so dich selbst", erkläre ich und überlege, ob Messner Marc Aurel kennt. Seine Augen werden schmal. Er kommt einen Schritt näher. Seine Stimme wird bedrohlich leise.

„Wollen Sie mich verarschen, Gardner?"

Er kennt ihn nicht. Hätte mich auch gewundert.

„Das war ein Zitat, Messner. Sie lesen nicht so gerne, oder?"

„Ich werde Ihnen auch gleich ein Zitat sagen, das ist von Goethe, soviel ich weiß. Aber vorher sag' ich Ihnen noch etwas, dazu brauche ich niemand zu zitieren: Es ist möglich, dass die Staatsanwaltschaft jetzt wegen den Artikeln von der Becker eingeknickt ist und es ist auch möglich, dass es ein paar Ermittlungspannen gegeben hat, weil wir sehr unter Druck waren. Aber, nur weil Sie jetzt frei sind, heißt das nicht, dass Sie es nicht doch waren und - wer weiß? - vielleicht legen Sie ja jetzt erst richtig los. Von den tausend Zimmern da landen Sie zu Ihrer ‚stillen Einkehr' ausgerechnet in dem Zimmer, wo eine tote Frau liegt! Das heißt - jetzt liegt. Jetzt auf jeden Fall liegt. Aber ob sie schon dort gelegen war, wie Sie reingekommen sind, Gardner, das bezweifle ich. Ich glaube, Sie haben ihr beim Niederlegen geholfen. Ist es so?“

„Oh Gott, ich glaube, mir wird schlecht!“

Lara hat nicht zu viel versprochen. Wie sie das so steuern kann, ist mir ein Rätsel, aber sie kann es. Mit dem perfekten Timing einer erfahrenen Bühnenschauspielerin (und ähnlich großen Gesten) übergibt sie sich in einem kräftigen Schwall und verteilt das Erbrochene großflächig über Anzug, Hemd und Schuhe von Major Lorenz Messner.

23

Das Büro ist mehr als luxuriös.

Der Mann ist mehr als unsympathisch.

„Was können Sie mir sagen?“ Wenn er um seine Frau trauert, dann verbirgt er es jedenfalls gut. Er stellt die Frage wie ein Großgrundbesitzer, der seinen Angestellten wegen einer Missernte zur Rede stellt.

„Momentan noch nichts. Nichts, was Sie nicht schon von der Polizei wissen.“

„Was wollen Sie dann von mir?“

„Ich habe gehofft, Sie könnten mir etwas mehr über Ihre Frau erzählen, damit ich mir ein Bild machen kann und einen Ansatz für meine Ermittlungen finde.“

„Was geht Sie das an?“

Den Termin bei Alessandro Lupo hat Tatjana eingefädelt. Gestern habe ich fast eine halbe Stunde mit ihr telefoniert. Inzwischen weiß ich, dass die Tote in der Hofburg Carolina Lupo heißt - beziehungsweise hieß. Der Witwer, dem ich jetzt gegenüberstehe (zum Sitzen hat er mich erst gar nicht aufgefordert), ist italienischer Diplomat. Was genau seine offizielle Aufgabe ist, wusste nicht einmal die Petrova.

„Ich war derjenige, der Ihre Frau gefunden hat." Das wirkt ein bisschen. Er sieht mich ein paar Sekunden schweigend an. Ich schaue ein paar Sekunden schweigend zurück. Dann deutet er auf die Ledercouch.

„Setzen Sie sich." Es ist mehr ein Befehl als eine freundliche Aufforderung. Ich setze mich, lege meinen Hut neben mich. Er bleibt stehen, schaut auf mich herab.

„Was haben Sie gesehen?"

„Ihre Frau war schon tot, als ich in den Raum kam. Der Mörder hatte ihr einen Sack über den Kopf gezogen und ihr dann das Gesicht zertrümmert."

Die Polizei hat ihm diese Tatsache sicher schon mitgeteilt, wozu soll ich also herumreden?

„Was noch?"

Was noch? Was will er hören?

„Ich verstehe nicht ganz ..."

„Ich weiß, wie meine Frau getötet wurde. Ich will wissen, was Sie noch gesehen haben!"

„Im Zimmer selbst nichts. Aber auf dem Weg dorthin fiel mir ein Mann auf, der gerade herauskam. Leider habe ich ihn nur von hinten gesehen und war auch zu weit entfernt, um ihn wiedererkennen zu können. Es war auch nichts Auffälliges an ihm." Hat sich die Miene von Alessandro Lupo gerade verändert? Entspannt? Möglich, aber beschwören würde ich es nicht.

„Was hatten Sie dort überhaupt verloren? Die Polizei hat mir gesagt, es wäre abseits der offiziellen Feier passiert."

„Ich war auf der Suche nach einem ruhigen Platz. Mir war die Veranstaltung zu laut. Ich habe mich an diesen Raum erinnert, der nie abgesperrt ist und einen kleinen Balkon hat. Ich kenne die Hofburg ein bisschen von früher. Ich hatte manchmal beruflich dort zu tun." Unnötig, das BVT zu erwähnen, er ist auch so schon misstrauisch genug.

„Also gut. Sie haben meine Frau gefunden. Aber warum wollen Sie jetzt - wie haben Sie es genannt? - ermitteln? Das macht doch die Polizei, oder?"

Da hat er recht. Messner hat es tatsächlich geschafft, mich die ganze Nacht und einen Gutteil des Vormittages unter irgendwelchen fadenscheinigen Gründen festzuhalten. Zuerst in der Hofburg, dann noch in einem Verhörraum des LKA Wien. Nicht wirklich gegen das Gesetz oder meine Rechte als Bürger, aber es war reine Schikane. Aber es hatte auch sein Gutes. Unabsichtlich bestätigte er mir, dass Carolina Lupo auf die gleiche Art umgebracht wurde wie Marielle Becker. Mit einem Sack über dem Kopf und Schlägen gegen das Gesicht von großer Brutalität.

„Ich misstraue der Polizei und ihren Ergebnissen." Diese Aussage ist von tief empfundener Ehrlichkeit durchdrungen. An Alessandro Lupos Miene ist keine Veränderung feststellbar.

„Das tun alle."

Und schon wieder hat er recht. Messner war bei seinem „Verhör" mit mir mehr als angespannt gewesen und hatte alle paar Minuten einen anderen Vorgesetzten am Telefon gehabt, der ihm Druck machte. An die Raubmordvariante glaubte er jetzt selbst nicht mehr.

„Außerdem habe ich Grund zur Annahme, dass der Mord an Ihrer Frau mit einem anderen in Zusammenhang steht. Dieser andere Mord ist ungeklärt und der Ehemann des Opfers bat mich, den Fall zu untersuchen."

„Ein anderer Mord?"

„Sie haben sicher in der Zeitung davon gelesen. Der Fall Marielle Becker."

„Mariella!"

Das entfährt ihm relativ spontan und relativ laut. Zum ersten Mal seit meinem Eintreffen spüre ich so etwas wie eine echte Emotion bei Alessandro Lupo. Er macht eine halbe Drehung weg von mir und wendet zusätzlich sein Gesicht Richtung Fenster, sodass es mir unmöglich ist, etwas darin zu lesen. Aber die Reaktion sagt mir alles.

„Sie kannten Frau Becker?"

Er antwortet nicht sofort, geht zuerst ein paar ziellose Schritte in Richtung des Fensters, dreht sich dann zu mir um und macht eine Geste ins Leere. In mir macht sich ein starkes Kribbeln breit.

„Ja. Eine Journalistin ... Ich habe das in der Zeitung gelesen. Sehr tragisch. Die haben geschrieben, ein Raubmord."

„Sehen Sie", erkläre ich, „genau das habe ich gemeint, als ich sagte, dass ich der Polizei nicht traue."

24

Wissen Sie, wenn ich dieses Kribbeln spüre, dann kann ich nicht anders.

„Das erste Mordopfer, Frau Becker ... Sie nannten sie gerade Mariella. Das klingt sehr ... vertraut. Sie kannten sie also nicht nur aus der Zeitung, richtig?"

„Ich kannte sie, ja ..."

„Eher beruflich oder eher privat?" Ich weiß, dass das jetzt ein heikler Punkt ist, vielleicht öffnet er sich, vielleicht macht er aber auch zu.

„Ich habe nichts zu sagen. Ich denke, Sie gehen jetzt besser."

Er macht also zu. Auch eine Aussage. Ich erhebe mich und strecke ihm die Hand entgegen. Er hat sich wieder im Griff und schüttelt sie, wobei er mich allerdings nicht ansieht. Als ich zur Tür gehe, sagt er: „Ihre Untersuchungen ... vergessen Sie die! Im Gegensatz zu Ihnen habe ich volles Vertrauen in die Polizei."

Das hat er natürlich nicht, was er damit sagen will, ist, dass ich mich nicht einmischen soll. Die Frage ist nur, warum er das will. Was könnte ich herausfinden, das ihm nicht passt? Eine Affäre? In der offenen Türe drehe ich mich noch einmal um.

„Auf Wiedersehen, Herr Lupo", sage ich. „Und noch einmal mein Beileid zu Ihrem Verlust. Es tut mir leid um Ihre Frau. Und natürlich auch um Frau Becker. Ihr Tod ist auch deshalb so tragisch, weil sie schwanger war."

Dann gehe ich und ziehe die Tür hinter mir zu. Ich komme vier Schritte weit.

„Come?" Er hat die Tür aufgerissen und schreit fast. „Was? Was haben Sie gesagt? Mariella war schwanger?"

Ich bleibe stehen. „Ja", sage ich schlicht, ohne mich umzudrehen.

„Woher wissen Sie das?"

„Ich kenne ein paar Leute ...", sage ich. Dann drehe ich mich um und sehe ihm direkt in die Augen. „Aber das mit der Schwangerschaft haben Sie sicher schon gewusst, oder?"

Er starrt mich an. Momentan ist sein Gesicht nackt und ehrliche Betroffenheit spiegelt sich darin.

„Nein", sagt er leise. Seine Aggression von vorhin ist völlig verschwunden. „Die Leute, die Sie da kennen, ich meine, stimmt das mit der Schwangerschaft? Ist das wahr? Ist das sicher?“

„Ich fürchte, ja.“

„Aha.“

Er nickt für sich. Dann verändert sich sein Gesichtsausdruck erneut und er hat wieder die Diplomatenmaske auf.

„Danke. Auf Wiedersehen.“

„Auf Wiedersehen.“ Ich gehe, ohne mich noch einmal umzusehen. Ist auch gar nicht notwendig. Ich weiß genug. Er hatte eine Affäre mit der Becker und es kann ganz gut sein, dass das Kind von ihm war.

Als ich wieder auf der Straße bin, stelle ich mir wieder die Frage, die ich mir schon vor dem Empfang in der Hofburg gestellt habe: Warum hat Marielle Becker ihrem Mann erzählt, dass sie unfruchtbar ist?

25

„Ah! Beatrice, cara! Come stai? - Bene? E la piccola? Francesca ‚la Diva bionda'? Con gli occhi di stelle?"

Die nächsten Minuten vergingen in heiterem italienischem Geplaudere. Lara Weiss hatte schon recht früh begriffen, dass es wichtig war, die wirtschaftlichen Kennzahlen eines Unternehmens parat zu haben. Am besten die der letzten drei Jahre. Das machte Eindruck in Besprechungen. Zeugte von Kompetenz. Noch dazu, weil ihre jeweiligen Chefs (und diese wechselten so regelmäßig wie die Börsenkurse) diese eben nicht parat hatten und ihr somit ewig dankbar waren, wenn sie in Besprechungen damit aushalf. Aber das war in Laras Selbstverständnis die Pflicht einer Assistentin der Geschäftsleitung. Die Kür wiederum war, die Probleme, die Hobbys und die Familienmitglieder der Geschäftspartner zu kennen und Interesse daran zu zeigen. Und weil die CEOs und CFOs der Partnerfirmen genauso häufig wechselten wie die der eigenen, war es noch wichtiger, die Familien, Hobbys und kleinen Laster derjenigen zu kennen, die blieben: die Assistentinnen.

Lara hatte ein hervorragendes Gedächtnis, trotzdem hatte sie vor dem Telefonat kurz die Augen geschlossen und sich die wichtigsten Details in Erinnerung gerufen. Beatrice De Monte war sechsunddreißig, verheiratet mit Lorenzo, der „irgendetwas mit Computern“ machte. Sie hatte eine sechsjährige Tochter, die Francesca hieß und in der Familie und dem Freundeskreis wegen ihrer hellen Haare, ihrer ausgeprägten Willensstärke und ihrer lautstarken Auftritte „die blonde Diva“ genannt wurde. Ein Name, den ihre Eltern schon bald nach der Geburt erfunden hatten. Wer sich also dieses Namens bediente, gehörte zum engeren Freundeskreis, um nicht zu sagen - zur Familie.

Dementsprechend herzlich verlief auch das Gespräch. Die kleine Diva ging bereits in die Schule und weigerte sich strikt, die Hausaufgaben zu machen, wenn nicht ihr Papa danebensaß und jeden Buchstaben, den sie malte, mit frenetischem Applaus und Bravo-Rufen quittierte. Beatrice selbst wiederum hatte ihre liebe Mühe, treu zu bleiben, weil ein neuer Finanzmanager in ihre Firma gekommen war, der ihr ständig Komplimente machte und seit Neuestem auch vor kleinen Geschenken nicht zurückschreckte. Vor zwei Wochen hatte er sie bei einer Geschäftsreise in der Hotelbar gebeten, sich scheiden zu lassen, seine Frau zu werden und ihn damit zum glücklichsten Menschen der Welt zu machen. Vermutlich wollte er sie nur ins Bett bekommen, aber Beatrice war standhaft geblieben, wenn auch unter Mühen, weil der Mann jung, schön, intelligent und erfolgreich war. „E con un culo come David di Michelangelo“, wie die Standhafte abschließend lachend bemerkte.

Lara gab dem Ganzen gekonnt den Anschein, als hätte sie nur deshalb angerufen, weil sie wieder einmal mit ihrer Herzensfreundin plaudern wollte. Erst während der Verabschiedung fiel ihr plötzlich ein, dass eine liebe Kollegin kürzlich die Bekanntschaft eines interessanten Mannes gemacht hatte. Alessandro Lupo. Die Kollegin hatte sich unsterblich verliebt, hatte aber den Verdacht, dass der Mann verheiratet war. Ob Beatrice wohl einmal ihre zahlreichen Bekannten bis in die höchsten italienischen Kreise unauffällig befragen könnte? Auch was der Herr sonst noch so trieb. Sie wollte ja nicht, dass sich die Kollegin unglücklich machte. Würde Beatrice helfen? Ja? Fantastisch!

„Ciao Cara! Mille Bacci!“

Lara Weiss legte zufrieden auf. Sie war sicher, dass sie in weniger als zwei Tagen umfassende Informationen über Liebesleben, Vermögen und politische Gesinnung von Alessandro Lupo auf dem Tisch hätte. Leo Gardner würde Augen machen.

26

Wir sitzen beim Heurigen und lassen es uns schmecken. Um ganz ehrlich zu sein, fühle ich mich hier wesentlich wohler als zum Beispiel in der Hofburg. Mein beigefarbener Leinenanzug ist um einiges bequemer als ein Smoking.

„Dafür, dass er kein Bier ist, schmeckt der Wein hier ganz gut", meint J.J. und nimmt einen guten Schluck. Es ist schon sein zweites Glas, während mein erstes noch halbvoll ist, weil ich - überraschenderweise - eine Flasche Wasser dazu bestellt habe.

„Dafür, dass du J.J. bist, sitze ich eigentlich ganz gerne mit dir hier", antworte ich. Fast eine Freundschaftserklärung. Mehr Worte über das Thema wären schon kitschig.

„Du bist also rückfällig geworden", stellt er fest und grinst ein bisschen.

„Mein Ziel hat sich nicht geändert“, antworte ich. „Ich will immer noch in Frieden leben und das werde ich auch. Und auch das Haus werde ich auf Vordermann bringen. Beim Garten bin ich mir nicht so sicher, aber der Mensch wächst ja mit der Aufgabe.“

„Stimmt.“

„Eben.“

Kurzes Schweigen.

„Aber trotzdem ermittelst du im Becker-Fall.“

„Ihr Mann hat mich darum gebeten. Hättest du ‚Nein‘ gesagt?“

„Nein, hätte ich nicht. Vor allem nicht, wenn ich wüsste, dass Messner der Leiter ist.“

„Genau. Und wie es aussieht, hängt auch der Mord an Carolina Lupo damit zusammen.“

J.J. nickt und nimmt das letzte faschierte Laibchen[1] „nach Art des Hauses“ in Angriff. Bei diesem Heurigen werden sie, als Besonderheit, vor dem Braten paniert, wie ein Wiener Schnitzel. Ich selbst bevorzuge eine etwas weniger deftige Auswahl: Rieslingschinken und Schwarzwurzelsalat.

„Okay, lass es uns durchgehen“, meint J.J. dann. „Was sind die Gemeinsamkeiten?“

„Beide Opfer sind Frauen unter dreißig.“

„Gut.“

„Beide Tatorte liegen keine zweihundert Meter Luftlinie auseinander."

„Hm."

„Beide Frauen wurden innerhalb von einer Woche umgebracht."

„Okay."

„Bei beiden war die Todesursache, abgesehen von Verletzungen des Gehirns, nachdem das Gesicht regelrecht eingeschlagen wurde, Tod durch Ertrinken. Ertrinken am eigenen Blut."

„Nicht schön."

„Beiden Frauen wurde ein Sack über den Kopf gestülpt, entweder als Ritual oder aber, um Spuren durch herumspritzendes Blut zu vermeiden."

„Mhm."

„Und dann ist da ein Mann, der beide Frauen kannte", erkläre ich abschließend. „Alessandro Lupo. Er kannte sie beide gut. Mit einer war er verheiratet, mit der anderen hatte er vermutlich ein Verhältnis."

„Oha!"

„Ja, das habe ich mir auch gedacht. Und jetzt kommt's: Marielle Becker war schwanger."

„Das kommt vor."

„Ja. Aber ihrem Mann hat sie erzählt, dass sie unfruchtbar sei."

„Doppel-Oha!“ J.J. richtet sich ein wenig auf wie ein alter Jagdhund, der Witterung aufnimmt.

„Also hat Lara Erkundigungen über ihn eingeholt. Scheinbar gibt es ...“

„Lara?“ J.J. besitzt die Fähigkeit, eine Augenbraue hochziehen zu können, während die andere völlig unbeteiligt an ihrem Platz verweilt.

„Ja, Lara.“

„Aha.“ Außerdem besitzt J.J. die Fähigkeit, ein „Aha“ so nebenbei zu sagen, als würde ihn etwas gar nicht interessieren, und dabei einen leicht spöttischen Ausdruck im Gesicht zu haben, dass man sofort das Gefühl hat, sich rechtfertigen zu müssen.

„Lara ist - eine Bekannte. Lara Weiss. Wir haben uns vor ein paar Tagen kennengelernt. Am Leopoldsberg. Wegen ihr war ich in der Hofburg.“

„Die muss aber einen ziemlichen Eindruck auf dich gemacht haben. Normalerweise würdest du dich eher nackt in einen Ameisenhaufen setzen, als zu so einem - Event gehen.“

„Sie hat mich freundlich gebeten.“

J.J. lacht. „Na, dann ...“ Ich werde noch ein bisschen verlegener, als ich es ohnehin schon bin, und komme wieder auf das ursprüngliche Thema zurück.

„Spar dir deinen Spott, du alter Schurke, nicht alle sind so wie du. Jedenfalls hat sie sich in Italien erkundigt und ihre dortige Quelle hat wiederum ihre

Quellen angezapft und so weiter. Ein Sekretärinnennetzwerk kann sehr groß sein. Jedenfalls wusste ihre Informantin nicht genau, was Lupo als Diplomat in Österreich eigentlich für eine offizielle Aufgabe hat."

„Das weiß man bei vielen Diplomaten nicht so genau. Übrigens auch bei vielen Funktionären, hohen Beamten, Politikern, Aufsichtsräten ..."

„Ja, ja, aber dafür wusste sie, dass er inoffiziell die Interessen der 'Ndrangheta in Österreich vertritt - der kalabrischen Mafia."

---

1. Frikadelle

27

Ich kann nicht schlafen. Das ist aber nicht neu für mich.

Schauen Sie, während meines ersten Jahres im Gefängnis war jede Nacht so.

Wer diesbezüglich keine Erfahrung hat, erinnert sich vielleicht an einen Krankenhausaufenthalt. Eine ganz ähnliche Situation. Man ist an einem Ort, an dem man nicht sein will, und kann nichts dagegen tun. Tagsüber hilft einem der Verstand, sich zu beschäftigen und abzulenken. Die alltäglichen Fixpunkte tun ein Übriges.

Aber in der Nacht ist man wehrlos. Zurückgeworfen auf die eigene Existenz. Der Verstand ist müde, macht Pause. Die Gedanken wiederum lassen sich nicht beherrschen, ziehen los, wohin es ihnen gerade passt, man kann sie nicht mehr zügeln, nicht beeinflussen, ist nur noch Beifahrer.

Meine zogen abwärts. Immer abwärts. Und mich zogen sie mit. Eine Abwärtsspirale, an deren Ende nur eines stehen konnte - meine Auslöschung. Der einzige Ausweg aus dieser Situation. Der Beruf weg, die Frau weg, die Tochter weg, die Achtung und Anerkennung von Kollegen und Freunden weg - und die Freiheit weg. Aus.

Das waren meine Nächte im ersten Jahr hinter Gittern. Ich habe es nie geschafft, mich tagsüber körperlich so müde zu trainieren, dass ich nachts sofort eingeschlafen bin.

Dann kamen die Retter. Wissen Sie, die Katholiken hatten früher die vierzehn Nothelfer. Eine Art Liga der christlichen Superhelden. Jeder Nothelfer war für ein anderes Wehwehchen zuständig. Meine Nothelfer hießen damals Seneca, Marc Aurel und Epiktet. Sie haben mich vor dem Durchdrehen bewahrt und das Leben gerettet. Beziehungsweise - mir geholfen, es selbst zu retten.

Sei kein abhängiger Patient – heile deine eigene Seele.

Danke, das habe ich verstanden und getan. Nachdem ich angefangen hatte, mich mit den Stoikern zu beschäftigen, waren die Nächte langsam besser geworden.

Meine jetzige Schlaflosigkeit ist mit der damaligen natürlich nicht zu vergleichen. Während damals tiefste Verzweiflung herrschte, geht es jetzt „nur" um Fakten zu einem Fall. Trotzdem - es lässt mir keine Ruhe und meine Gedanken ziehen los.

Eine Journalistin wird ermordet. Warum? Hat das etwas mit ihrer Arbeit zu tun? Ich muss mit jemandem von ihrer Zeitung reden, jemandem, der über ihre aktuellen Recherchen Bescheid weiß. Oder ist das eine private Tragödie? Die Verbindung zu Carolina Lupo spräche eher dafür. Was ist die Verbindung? Der Mann. Der Mann, der mit dem einen Mordopfer verheiratet war. Und mit dem anderen ein Verhältnis hatte. Und das Verhältnis ist schwanger. Schwanger, obwohl doch eigentlich unfruchtbar. Glaubt zumindest der Ehemann. Aber nicht, weil er es vermutet, sondern weil es ihm eingeredet wurde. Von ihr, seiner Frau. Warum? Warum macht die so etwas? Hat sie vielleicht selbst daran geglaubt? Aufgrund einer früheren Fehldiagnose? Und wie muss dem Ehemann zumute sein, wenn er das erfährt? Schande, Demütigung, Erniedrigung. Er muss Höllenqualen leiden. Und dann? Hass! Zuerst Eifersucht, dann blinde Wut, dann tödlicher Hass. Raserei! Genug, um jemanden umzubringen. Genug, um ein Gesicht zu zerstören. Du hast mich das Gesicht verlieren lassen, ich lösche deines aus ... Zerschlage, zerschmettere es. Paul Becker hat ein Motiv, keine Frage. Aber auch Carolina Lupo hätte eines gehabt. Wenn ich die beiden Morde einmal unabhängig voneinander betrachte. Nur weil sie zusammenhängen, heißt das nicht auch automatisch, dass beide vom selben Täter oder derselben Täterin ausgeführt worden sind.

Carolina Lupo. Was hat sie gemacht? Beruflich, meine ich. Wusste sie von dem Mafiahintergrund ihres Mannes? Wusste sie von dem Verhältnis ihres

Mannes? Wusste sie von Beckers Schwangerschaft? Und hat das gereicht, um sie rasend zu machen? Rasend genug, um ihrer Rivalin das Gesicht einzuschlagen?

J.J. hat seine Kontakte spielen lassen - in beiden Fällen wurde das Gesicht der Opfer natürlich nicht mit der bloßen Faust malträtiert, sondern mit einer Art Schlagring. Solcherart ausgestattet, könnte auch eine Frau ... Aber das ist mir doch ein bisschen zu heftig. Aber Alessandro Lupo, der Mafiamensch im Mäntelchen eines Diplomaten? Die Brutalität des Vorgehens entspricht durchaus den Methoden der 'Ndrangheta. Auch der Schlagring deutet darauf hin. Er muss es ja nicht selbst gemacht haben. Sicher hat er seine Männer fürs Grobe. Vielleicht war die Sache mit Marielle Becker nur eine Episode für ihn. Dann konfrontiert sie ihn mit der Schwangerschaft und das bringt ihn unter Druck. Aber warum? Vielleicht ist - vielmehr war - seine Frau die Tochter eines Clan-Chefs? In so einem Fall bekommen Seitensprünge mit Folgen einen lebensgefährlichen Anstrich. Oder er hat die Becker tatsächlich geliebt, wollte seine Frau verlassen, die beseitigt die Nebenbuhlerin (oder lässt sie beseitigen), er findet es heraus und rächt sich, indem er Carolina auf die gleiche Art und Weise umbringt (oder umbringen lässt).

Ich wälze mich zum x-ten Mal auf die andere Seite. Der Schlaf kommt nicht, die Gedanken spielen Fangen, ich komme nicht weiter. Also hole ich mir ein Glas Wasser und beginne, eine Liste aufzustellen.

Erstens muss ich mehr über die tote Carolina Lupo herausfinden, zweitens muss ich die Petrova anrufen und ihr sagen, sie soll nichts über Lara Weiss recherchieren. Und falls sie schon etwas herausgefunden hat, soll sie es mir auf keinen Fall sagen. Egal, was es ist. Drittens muss ich ...

Mein Telefon läutet. Mitten in der Nacht. Ich nehme es und werfe einen Blick auf das Display. Unbekannte Nummer.

„Gardner."

„Papa? Ich bin's ... Julia."

28

Alessandro Lupo betrachtete sich im Spiegel. Was er sah, gefiel ihm. Er war noch keine vierzig, hatte eine sportliche Figur und ein durchaus attraktives Gesicht. Er hatte Geld, er war angesehen und er hatte Macht. Schon alleine wegen seiner Stellung im diplomatischen Dienst. Aber er hatte noch mehr Macht. Viel mehr, als seine Kollegen sich vorstellen konnten, sogar mehr als der Botschafter. Er konnte beinhart sein, sogar grausam. Aber er konnte auch jovial sein, freundlich, herzlich, humorvoll. Das alles zusammen zog die Leute an. Besonders die Frauen. Frauen flogen auf ihn. Und er flog auf die Frauen. Er wusste nicht genau, wie viele es waren, die er nach seiner Heirat mit Carolina gehabt hatte. Viele. Sehr viele. Für ihn gehörte das einfach zum Leben. Er brauchte den Flirt, das Spiel, die Eroberung - und den Sex zur Bestätigung. Im Grunde genommen waren sie ja alle gleich. Ihre Körper waren unterschiedlich, ihre Lust war unterschiedlich, aber die

Verhaltensmuster waren gleich. Fast alle hatte er schnell sattgehabt.

Mariella war anders gewesen. Er konnte nicht genau sagen warum. Sie war intelligent gewesen. Aber er hatte auch schon Intelligentere gehabt. Sie war schön gewesen. Aber das waren alle seine Frauen. Sie war eine Idealistin gewesen. Das waren die wenigsten seiner Eroberungen. Idealismus. War es das gewesen? Er wusste es nicht. Aber er hatte tatsächlich viel für sie empfunden. Vielleicht sogar Liebe. Alessandro war nicht der Mann, der viel über Liebe nachdachte, aber dass er für Mariella ein besonderes Gefühl gehegt hatte, war ihm klar. Jedenfalls mehr als für Carolina. Und jetzt hatte er erfahren, dass Mariella schwanger gewesen war. Von ihm. Daran zweifelte er keine Sekunde. Und jetzt war sie tot. Hätte es anders kommen können, wenn sie es ihm gesagt hätte? Hätte es dann auch für Carolina anders kommen können?

Dieser komische Mensch mit dem Hut, der bei ihm gewesen war, Privatdetektiv, oder was auch immer, kam ihm in den Sinn. Von Mariellas Ehemann beauftragt. Der Mann war gefährlich. Gefährlicher als die Polizei. Das hatte er gleich gemerkt. Er wäre nicht da, wo er jetzt war, wenn er nicht seinen besonderen Instinkt gehabt hätte. Auf den konnte er sich verlassen. Das hatte die Vergangenheit bewiesen. Und sein Instinkt sagte ihm, dass dieser Mann gefährlich für ihn war.

„Aber ich bin auch gefährlich, dummer Mann“, sagte er leise. Dann nahm er das dritte Handy aus der

Schublade. Er hatte ein Diensthandy und ein Privathandy, das dritte war für „sehr private Angelegenheiten“. Er wählte und wartete. Aber nur kurz. Bereits nach dem zweiten Läuten wurde abgehoben.

„Pronto?“

Er sparte sich Begrüßung und höfliche Vorreden.

„Es gibt ein Problem und ich brauche eine schnelle Lösung“, sagte er auf Deutsch.

„Vielleicht kann ich helfen“, antwortete die Stimme nun ebenfalls auf Deutsch.

„Ein Mann, der Leopold Gardner heißt. Er hat mit Paul Becker zu tun, die Adresse weiß ich nicht. Aber es gibt nicht viele Leopold Gardner, Anfang vierzig.“

„Ich werde ihn finden.“

„Gut. Ich mag ihn nicht besonders.“

„Ich habe verstanden.“

Der andere legte auf. Alessandro Lupo legte das dritte Handy zurück in die Lade.

„Leopold Gardner“, wiederholte er dann leise. „Dummer Mann.“

29

Offen gestanden, habe ich weinende Männer immer für Schwächlinge gehalten.

Früher.

Später habe ich diese Meinung revidiert. „Später" soll heißen beim BVT, als ich wirklich schlimme Dinge gesehen habe, vor allem die regelrechte Hinrichtung eines V-Mannes, und dann seine Frau, als wir ihr die Todesnachricht brachten. Mein damaliger Partner begann gleichzeitig mit ihr zu heulen.

Seither betrachte ich Tränen bei einem Mann etwas differenzierter. Ich selbst würde mich mittlerweile auch nicht mehr dafür schämen. Nur, dass ich nicht einmal in den langen Nächten im Gefängnis geweint habe. Es ... wie soll ich sagen? Es entspricht nicht meiner Natur.

Gestern Nacht allerdings, ungefähr zugleich mit dem Verstehen des Wortes „Papa", stiegen mir die Tränen in die Augen, um während der ganzen vier Minuten sechsunddreißig, die das Gespräch dauerte, dort zu bleiben. Erst nach dem Auflegen heulte ich los. Es war das schönste, befreiendste und glücklichmachendste Gefühl, das ich je gehabt habe.

Sehen Sie, diese Väter, die jahrelang Prozess führen, um einen Tag mehr Besuchsrecht zu erhalten, die sich mit selbst gemalten Täfelchen vor das Parlament stellen, die bei der Ex und deren neuer Patchworkfamilie auftauchen und peinliche Szenen veranstalten - die wissen gar nicht, was sie den Kindern damit antun. Das Gezerre hinterlässt lebenslange Spuren. Der Egoismus der Eltern beschädigt die Beziehungsfähigkeit der Kinder nachhaltig.

So wollte ich nicht sein. Sicher, Elisabeth hat mit der Scheidung eine tiefe Wunde verursacht, noch mehr mit dem eigentlichen Scheidungsgrund - dass sie mir nämlich nicht geglaubt hat. Sie hat meine Unschuld infrage gestellt und meine Ehrlichkeit ihr gegenüber. Das waren die eigentlichen Schläge, die Scheidung und mein Besuchsverbot Julia gegenüber waren nur noch die Tritte auf einen am Boden Liegenden.

Aber das kann ich nicht ändern - daher werde ich keine Energie darauf verwenden.

Aber Julia hat mich nicht vergessen. Julia hat mich angerufen. Julia ist mein Kind und wird es auch bleiben und will es auch bleiben. Das hat sie mir versichert. Wie gesagt, vier Minuten sechsunddreißig. Ein leise geführtes nächtliches Telefonat, um ihre Mutter nicht zu verärgern.

„Natürlich. Sie liebt ihre Mutter. Warum auch nicht?" J.J. zuckt mit den Achseln.

Wir sitzen im „Cafe Weidinger" am Gürtel, eines der wenigen „echten" Kaffeehäuser, das noch den alten, etwas verkommenen Charme ausstrahlt. Natürlich habe ich ihm von dem Anruf erzählt.

„Elisabeth ist kein schlechter Mensch, aber ... sie war eben nicht stark genug, zu dir zu stehen. Und jetzt, nach deiner Rehabilitierung, quält sie sicher das schlechte Gewissen. Aber ihr Stolz verhindert, dass sie jetzt Kontakt aufnimmt. Da müsste sie sich ja ihren Fehler eingestehen und dich womöglich um Verzeihung bitten. Schwierige Lage."

„Sie braucht mich nicht um Verzeihung bitten", sage ich. „Ich will nichts von ihr. Das ist erledigt."

„Natürlich", lenkt J.J. ein. „Hauptsache, Julia lässt den Kontakt nicht abreißen."

Dann trinkt er sein Bier und ich meinen Mocca. Wir schweigen eine Weile, dann erläutere ich ihm meine nächtlichen Überlegungen zu dem Fall. Er nickt gelegentlich und denkt nach.

„Ich habe das schon einmal irgendwo gesehen", meint er dann.

„Was?"

„Diesen Modus Operandi. Jemandem wird ein Sack über den Kopf gezogen und dann das Gesicht regelrecht zertrümmert."

„Das hast du gesehen? Wo? Wann?"

„Nicht direkt gesehen. Ich glaube, ich habe das gelesen. Muss schon etliche Jahre her sein, kann mich nicht so genau erinnern. Mein Hirn ist auch nicht mehr das, was es einmal war. Aber ich werde es schon herausfinden."

„Apropos herausfinden, hast du noch Zugang zu deinen Quellen? Über Marielle Becker weiß ich so gut wie nichts. Ich meine - von ihrer Vergangenheit, ihrem Werdegang. Zum Beispiel, wo sie vor dem Magazin ‚Frontal' gearbeitet hat. Wo hat sie studiert? Was macht ihre Familie? Alles, was ich im Internet über sie gefunden habe, hat mit ihrer jetzigen Arbeit zu tun. Sonst nichts."

„Ja", sagt J.J., „das kannst du auch nicht. Weil es nichts gibt. Offiziell. Aber weil ich meinen Leo kenne und weil ich wusste, dass du das fragen würdest, und weil ich als Pensionist viel Zeit habe, vor allem aber, weil mir noch etliche im Amt sehr gewogen sind, habe ich wirklich was für dich."

„Sag es."

„Die nächste Runde geht auf dich."

„Sag es."

„Und die übernächste auch."

„Sie hat ihren Namen ändern lassen."

„Sie heißt gar nicht Becker?"

"Schon. Durch die Heirat. Aber davor hieß sie Steiner."

„Und?"

„Aber erst seit 2004. Da taucht sie auf, die Marielle Steiner, da wurde sie sozusagen geboren, im zarten Alter von achtzehn. Dafür verschwand eine gewisse Anna Fuchs."

30

„Reimann!“

„Herr Major?“

„Ist die Auswertung der Forensiker da?“

„Noch nicht.“

„Ich hab’ Ihnen gestern gesagt, Sie sollen Dampf machen! Und was haben Sie gemacht?“

„Ich hab’ denen gesagt, dass es eilig ist, und die haben gesagt, sie tun, was sie können.“

„Aber das Ergebnis ist noch nicht da. Und in einer Dreiviertelstunde ist Pressekonferenz. Die wollen was hören, Zahlen, Daten, Fakten, Ergebnisse, verstehen Sie?“

„Ja. Natürlich. Soll ich noch einmal anrufen?“

„Nein, mach ich selber.“ Messner fühlte sich unendlich müde. In Wirklichkeit hatte er auch gar nicht erwartet, dass Reimann den Forensikbericht zeitgerecht herbeischaffen würde. Der Bürgermeistersohn war ein Trottel. Auch Hager war ein Trottel, wenn auch nicht ganz so verblödet wie Reimann. Die Forensiker ihrerseits waren Fachidioten, die das große Ganze nicht sahen und zum Beispiel die Bedeutung der Pressekonferenz nicht erkannten. Genau betrachtet, war er eigentlich nur von Trotteln umgeben und was er nicht selber machte, passierte gar nicht. So konnte man nicht arbeiten. Und mit diesen beiden Fällen war sowieso hinten und vorne etwas faul. Und um dem Ganzen die Krone aufzusetzen, war dieser eitle, aufgeblasene Gardner vom BVT jetzt freigelassen worden. Vollständig rehabilitiert! Mit Staatspension! Und kaum war er draußen - tauchte er im Dunstkreis dieser Mordfälle auf und stolzierte vor seiner, Messners, Nase herum. Das war kein Zufall.

„Das ist doch kein Zufall, oder?“

„Was?“ Er sah Reimann an. Was hatte der gerade gesagt?

„Das ist doch kein Zufall. Die zwei Morde, nach dem gleichen Muster. Ich hab’ doch gleich gesagt, wir haben einen Serienmörder.“

„Reimann, wenn ich Ihre Meinung hören will, dann melde ich mich frühzeitig, ja? Gehen Sie raus. Helfen Sie Hager. Egal was er macht, helfen Sie ihm einfach und lassen Sie mich in Ruhe.“

Reimann verzog sich beleidigt. Natürlich hatte Messner längst eingesehen, dass sich seine Raubmordtheorie spätestens seit der Sache in der Hofburg in Luft aufgelöst hatte. Raubmörder verschwenden keine Zeit mit minutenlang angewandter plastischer Chirurgie durch einen Schlagring. Sie gehen auch nicht in der Hofburg auf Beutezug, wo ein paar Schritte weiter Hunderte Leute feiern. Das ist ihnen zu viel Risiko.

Messner zog die Augen zu schmalen Schlitzen zusammen. Das verlieh seinem Gesicht etwas Bedrohliches, Angriffslustiges. Eine Methode, die bei Verhören schon oft Wirkung gezeigt hatte. Diesmal war allerdings niemand im Raum, der gestehen konnte. Vielmehr galt diese Geste seiner brennenden Frage: Wer, zum Teufel, nimmt dieses Risiko auf sich? Ein Raubmörder sicher nicht und ein Auftragskiller schon gar nicht. Ein Lustmörder, der den absoluten Kick sucht, würde es vielleicht tun, aber an keiner der Frauen waren Anzeichen sexueller Übergriffe oder gar Spermaspuren gefunden worden. Ein Mord im Affekt schied aus, im Affekt hat man meist keinen Sack und keinen Schlagring zur Hand. Vor allem zweimal.

„Aber", sagte Messner nun laut in sein leeres Büro hinein, „wer sagt denn, dass es beide Male derselbe Täter war? Vermutlich alle." Er nickte. Alle sagten das, alle dachten das und so könnte es auch gewesen sein. Aber es könnte auch ganz anders gewesen sein.

„Trittbrettfahrer", murmelte er. „Jemand will der Öffentlichkeit und der Polizei weismachen, dass ein wahnsinniger Serienmörder umgeht, der gleich morgen im Burgtheater wieder zuschlagen kann."

Aber er, Major Messner, glaubte nicht an das, was ein Reimann mit seiner Netflix-Ausbildung für das Naheliegendste hielt. Und er hatte gute Gründe.

Serientäter bevorzugen dasselbe Setting bei ihren Taten. Das wusste Messner. Zum Beispiel immer einen einsamen Parkplatz oder immer ein biederes Einfamilienhaus, oder seinetwegen auch ein belebtes Hotel, aber nie (oder sehr selten) eine lustige Mischung: heute Park, morgen Hofburg, übermorgen vielleicht Hinterzimmer vom Fast-Food-Restaurant.

Weiter waren sich auch die Opfer eines Serientäters ähnlich. Immer junge farbige Frauen, oder immer alleinstehende Einwanderer, ohne Angehörige im Land, oder immer Strichjungen, oder immer ...

„Egal“, knurrte Messner jetzt böse vor sich hin, „jedenfalls gleichen sich die zwei hier nicht. Die eine ist hellhaarig, Journalistin, schwanger und alleine unterwegs, und die andere dunkelhaarig und in Vertretung ihres Mannes mit dem halben diplomatischen Korps Italiens auf einem Wirtschaftsempfang.“

Was ihn noch an der Serientätertheorie zweifeln ließ, war die zeitliche Nähe. So schnell wurde der Druck nicht so groß, dass diese Kreaturen wieder morden mussten. Meist vergingen Wochen, Monate, ja sogar Jahre. Deshalb:

„Trittbrettfahrer“, stellte Messner erneut fest. Und sein persönlicher Lieblingshauptverdächtiger war und blieb Gardner.

Motiv: es ihm, Messner, zeigen. Sich an ihm rächen. Für fünf Jahre hinter Gittern. Angeblich unschuldig. Aber daran glaubte Messner immer noch nicht. Was er sich hingegen gut vorstellen konnte, war, dass Gardner ihm beweisen wollte, dass er sozusagen jetzt vor seinen Augen morden konnte - und damit davonkam.

„Reimann ist ein Trottel." Jetzt war die Stimme des Majors nur mehr ein Flüstern. „Es gibt keinen Serienmörder, das ist klar. Aber eines ist auch klar: Es gibt einen Wahnsinnigen."

31

„Kommen Sie rein."

Paul Becker wirkt noch genauso geknickt wie letztes Mal. Leise Stimme, hängende Schultern, ausweichender Blick. Ich nehme meinen Hut ab. Er bietet Lara und mir Plätze auf einem Ledersofa an. Die Wohnung wirkt unaufgeräumt. Es ist nicht gerade so, dass sich leere Pizzakartons, überquellende Aschenbecher und Essensreste stapeln, aber im Gegensatz zum letzten Mal liegt doch etwas mehr in der Gegend herum. Klar. Sich in einer Trauerphase gehen zu lassen, ist ganz natürlich - wenn auch nicht ungefährlich. Aber wenigstens sehe ich keine leeren Schnapsflaschen.

„Mein Name ist Lara Weiss, ich ... unterstütze Herrn Gardner bei seinen Recherchen", stellt sich Lara selbst vor. Gestern hat sie mich zum Heurigen eingeladen und als ich erzählte, dass ich Becker besuchen würde, hat sie angeboten mitzukommen. Nach anfänglichem Zögern habe ich zugestimmt.

Wissen Sie, Frauen haben andere Antennen als ein Mann. Vor allem aber betrachten Frauen Männer anders als ein Mann. Sie achten auf andere Dinge, beurteilen Zwischentöne anders und natürlich wirken sie auf ihr Gegenüber ganz anders als ein Mann. Und vier Augen sehen einfach mehr als zwei. Daher stimmte ich zu - und daher habe ich meinen Besuch bei Becker auf die Zeit nach Büroschluss gelegt, weil - wie Lara gestern seufzend feststellte - „ja irgendwer arbeiten muss, um die Staatspensionen der Heiratsschwindler zu finanzieren".

„Haben Sie schon etwas?" Paul Becker wirft mir einen kurzen Blick zu und schaut dann auf den Boden. Heute frage ich ihn gleich gar nicht mehr nach einem Glas Wasser.

„Nun ja. Sie haben von dem Mord in der Hofburg gehört, nehme ich an?", beginne ich. Er nickt.

„Wir denken, dass es da einen gewissen Zusammenhang gibt", setze ich an.

Er scheint überrascht. Ich werfe Lara einen kurzen Blick zu. Sie hat eine mitfühlende Miene aufgesetzt und schaut im Übrigen recht harmlos aus. Perfekt. Wir haben uns gestern darauf geeinigt, dass sie hauptsächlich schweigend beobachtet. Neben Alessandro Lupo ist Becker momentan unser Hauptverdächtiger. In einem unserer Gedankenszenarien kommt er hinter Verhältnis und Schwangerschaft, tötet zuerst seine

Frau und dann die Frau seines Nebenbuhlers, um diesem lang anhaltenden Schmerz zuzufügen.

„Was denn für ein Zusammenhang?“, fragt er blauäugig. Und sehen Sie, genau diese Blauäugigkeit macht ihn in meinen Augen verdächtig. Der Mann einer ziemlich gewieften investigativen Journalistin ist doch kein Traummännlein, das nicht bis drei zählen kann. Marielle Becker muss doch einmal etwas an ihm gefunden haben, auch wenn sie zum Schluss Lupo bevorzugt hat. Lara und ich tauschen Blicke. Scheinbar denkt sie genauso.

„Ich nehme an, die Polizei hat Ihnen mittlerweile mitgeteilt, dass bei der Obduktion eine Schw...“ Ich werde durch ein durchdringendes Handyläuten unterbrochen. Automatisch hebt Becker ab. Er meldet sich mit „Hallo“ statt mit seinem Namen, wie ich feststelle. Aber er entschuldigt sich nicht bei uns, verlässt den Raum auch nicht, sondern lauscht. Am Beginn des Telefonates habe ich auf meine Camaro gesehen. Neunzehn Uhr siebenunddreißig und zweiundzwanzig Sekunden.

„Ja ... ja ... Wie? ... Was? ... Bitte? ... Das ist ... unmöglich ... das muss ein Irrtum ... Was? Ja ... Nein ... Was? ... Ja ... Ja ... Wiedersehen ...“

Neunzehn Uhr neununddreißig und achtundfünfzig Sekunden. Keine drei Minuten hat das Gespräch gedauert, währenddessen Becker immer mehr verfallen ist. Wenn ich vorhin erwähnt habe, dass er „geknickt“ aussah, als wir angekommen sind, dann sieht er jetzt gebrochen aus - um bei dem Bild zu bleiben.

Tatsächlich ist er leichenblass, seine Hände (die linke hält immer noch das Handy) zittern heftig und auf seiner Stirn sind Schweißperlen zu sehen. Sein Blick drückt grenzenloses Unverständnis aus. Ich stehe auf, um ihm Wasser zu holen.

„Herr Becker“, sagt Lara sanft und versucht zu ihm durchzudringen.

„Trinken Sie“, sage ich und drücke ihm das Glas in die freie Hand. Folgsam leert er es auf einen Zug, stellt es aber nicht ab. Er dreht das Gesicht Lara zu, schüttelt dann leicht den Kopf, schaut dann mich an, dann wieder Lara.

„Das war die Polizei, dieser Kommissar ...“

„Messner“, helfe ich aus.

„Messner, ja. Marielle war schwanger. Die Obduktion ... sie war schwanger ...“

Ich wechsle einen raschen Blick mit Lara. Mein Puls ist ansatzlos gestiegen. Er hat es eben erst erfahren! Hätte das Telefon nicht geläutet, wäre ich der Überbringer der Nachricht gewesen. Ich hatte geglaubt, dass Messner ihn längst informiert hatte.

„Schwanger“, wiederholt er und schaut uns abwechselnd an. „Aber sie war doch ... sie hat doch gesagt ...“

Wenn Sie mich fragen, ist seine Fassungslosigkeit echt. Er müsste ein begnadeter Schauspieler sein, wenn er sich die körperlichen Reaktionen auf Befehl so abringen könnte. Wie auch immer, in dieser Verfassung lassen Leute leichter Informationen raus als sonst. Ich beschließe, den Augenblick zu nutzen.

„Herr Becker, wussten Sie, dass Ihre ... dass Marielle ihren Familiennamen geändert hat? Das muss ein paar Jahre vor Ihrer Hochzeit gewesen sein. Wussten Sie, dass sie nicht immer Steiner geheißen hat?"

Er nickt, ist aber mit den Gedanken ganz woanders.

„Ja", bestätigt er schlicht. „Ja. Sie hat es erzählt."

„Hat sie gesagt, warum sie das getan hat?", mischt sich Lara ein.

„Nein. Sie wollte nicht darüber reden, deshalb hat sie mir auch nie gesagt warum. Aber so, wie es aussieht, hat sie mir vieles nicht gesagt. Oder gelogen, oder ... Ich glaube immer mehr, dass ich ... ich kenne ... ich kannte sie gar nicht!"

32

„Wenn er nicht bald kommt, verschieben wir die Sache auf morgen. Ich hab' nicht den ganzen Abend Zeit", knurrte Carlo. Er war knappe eins neunzig und fast ebenso breit. Der BMW hatte eine harte Sportfederung, trotzdem ging er auf seiner Seite deutlich stärker nach unten. Trotz der geöffneten Fenster war die Luft im Wagen rauchgeschwängert.

„Heute ist der Tag, wir müssen es heute erledigen, das hast du doch gehört", widersprach Seppo, den sie nur „die Krähe" nannten. Er war klein und dünn, sein Gesicht spitz und seine lange Nase hatte tatsächlich etwas von einem Krähenschnabel. Er war so etwas wie der Boss, obwohl Carlo das vermutlich anders gesehen hätte.

„Ich muss trainieren, die haben nicht die ganze Nacht offen."

„Ja, ja, er wird schon kommen."

„Ich geh' pissen", verlautbarte Tino vom Rücksitz. Dann stieg er aus und ging ein paar Schritte abseits.

Seit zwei Stunden parkten sie ungefähr fünfzig Meter vom Haus entfernt, rauchten, hörten Musik und gingen sich gegenseitig auf die Nerven.

„Wenn ich mein Training wegen dem Arsch verpasse, kann er sich auf etwas gefasst machen."

Carlo ließ die Finger knacken. Seppo seufzte. Er konnte das Gejammere des Riesen nicht mehr aushalten.

„Weißt du was, Carlo? Du bist wie ..."

Die linke Hintertüre wurde aufgerissen und Tino sprang in den Wagen. „Es kommt ein Wagen. Dem Klang nach könnte er es sein."

Sie waren schon am Vormittag hier gewesen und hatten den alten Opel GT gesehen. Der Typ selbst war im Garten gewesen, aber gerade als sie hineinwollten, war ein Trupp Straßenarbeiter aufgetaucht und sie hatten die Sache auf den Abend verschoben.

„Da!" Seppo deutete auf den vorbeifahrenden Sportwagen. „Er ist es, wie es aussieht, hat er eine Frau bei sich."

„Kein Problem, die kann auch was haben", grinste Carlo und griff sich zwischen die Beine.

„Los jetzt."

Sie stiegen aus und gingen auf das Haus zu, vor dem der Wagen angehalten hatte. Tino hielt den Baseballschläger sorgfältig hinter seinem Rücken verborgen und die Krähe umfasste den Schlagring in der Tasche seiner Lederjacke etwas fester. Carlo hatte nichts dergleichen bei sich. Er brauchte keine Hilfsmittel.

In der Zwischenzeit waren die beiden ausgestiegen. Offenbar bemerkten sie nichts von der Umgebung, waren in eine Diskussion vertieft. Eine fröhliche, übrigens, die Frau lachte mehrmals laut auf. Die drei beschleunigten ihre Schritte und erreichten das Pärchen bei der Gartentüre.

„Leo Gardner?", fragte Seppo.

33

„Leo Gardner?“

„Ja?“

Schon während ich mich umdrehe, bereite ich mich vor. Ich nehme meinen Hut ab und drücke ihn Lara in die Hand. Es gehört nicht viel Fantasie dazu, um zu erraten, dass unangemeldete Besucher, kurz vor elf Uhr nachts, in einer dünn besiedelten Stadtrandgegend selten Nachricht von einem Lottosechser bringen oder auf gute Nachbarschaft anstoßen wollen.

Es sind drei, und sie haben uns schon so gut wie umringt. Ich mache mir Sorgen um Lara und dränge sie mit meinem Rücken durch die offene Gartentüre. Dass ich dabei selbst ein wenig zurückweiche, lässt die Männer nur noch dichter aufrücken.

„Du mischst dich in fremde Angelegenheiten. Das hört jetzt auf. Verstehst du?“

Der Kleinste der Drei hat gesprochen und der ist es auch, den ich am gefährlichsten einschätze. Der Riese hinter ihm hat gewaltige Kräfte, aber vermutlich ist er langsam und verlässt sich zu sehr auf die Wirkung seines imposanten Körpers.

„Kennen wir uns?", frage ich, obwohl mich die Antwort nicht interessiert. Ich brauche nur noch ein bisschen Zeit, um mich vorzubereiten.

„Wir müssen uns nicht kennen, Arschloch. Du wirst auch so tun, was wir dir sagen, klar?"

Alles klar. Der dritte Mann holt jetzt einen Baseballschläger hinter seinem Rücken hervor. Auch diese Art Schläger kenne ich, wer so ein Werkzeug braucht, ist ebenfalls nicht der böse Killer.

„Also, in welche Angelegenheiten soll ich mich nicht mischen?"

„In gar keine, du Idiot! Du wirst nicht in dem Mord ermitteln, klar."

„In welchem? Momentan bearbeite ich zwei und ..."

Weiter komme ich nicht, der Typ hat seine Hand aus der Jackentasche gezogen und nahezu ansatzlos zugeschlagen.

Wissen Sie, die Stoiker haben einen etwas seltsamen Ruf. Manche Menschen meinen, Stoiker lassen alles mit der Geduld eines Ochsen über sich ergehen und üben sich eher im Ertragen des Leides als in Gegenwehr. Das ist eine falsche Ansicht.

Ein gerader Schlag gegen die Zentrallinie verlangt eine reflexartige Ohrfeigenbewegung gegen die Faust des Angreifers mit der flachen linken Hand. Diese lenkt den Schlag ab und ermöglicht eine eigene seitliche Drehung nach innen auf der rechten Ferse. Die Zentrallinie ist in Sicherheit, man dreht dem Gegner also die Seite zu. Der Schlag, der wohl auf den Magen gezielt war, geht ins Leere. Ich sehe einen Schlagring in der Faust.

„*So wenig wie ein Ziel aufgestellt wird, damit man es verfehle, so wenig hat das Übel von Natur einen Platz in der Welt.*"

„Was?"

Offenbar schätzt der Schläger Epiktet nicht. Ich hätte es ihm gerne erklärt, aber sie sind zu dritt und das heißt, die Zeit drängt, umso mehr, als sich der Mittlere am Riesen vorbeidrängt und den Schläger hebt.

Da ich seitlich vom ersten Angreifer stehe, ist die Gelegenheit günstig, ich verlagere das Gewicht rasch auf den linken Fuß, ziehe das rechte Knie hoch und mache eine rasche Drehung in seine Richtung. Kniescheibe gegen Unterleib. Das ist zwar nicht fein, aber wirkungsvoll. Während er einknickt, drehe ich seinen Arm nach hinten und höre auch nicht auf, als es knackt. Dann lasse ich mich mit Schwung nach rechts fallen. Keine Sekunde zu früh. Der Baseballschläger streift gerade noch meinen Arm, ehe er dem Geknickten auf die Schulter schlägt. Dieser schreit auf und der Riese entschließt sich, endlich einzugreifen.

Lassen Sie mich ein Wort über Drill sagen. Ich mag ihn genauso wenig wie der Rest der Menschheit - von ein paar sadistischen Möchtegernausbildern abgesehen. Andererseits wurde noch nichts Besseres erfunden und er rettet jeden Tag Tausenden Menschen das Leben. Notärztinnen, Bodyguards, Polizisten eines Sonderkommandos, Soldaten sowieso, Sanitäter, speziell im Feldlazarett, und so weiter und so weiter - sie alle wären nur halb so effizient ohne Drillausbildung (oder wie auch immer man sie nennt oder maskiert, es ist und bleibt Drill). Das Rezept ist einfach, man übt etwas bis zum Wahnsinnigwerden in allen Lebenslagen und unter enormem Stress. Mein Lehrer beim Selbstverteidigungskurs des BVT hieß Walter Lustig, sein Name war also nicht unbedingt dazu angetan, Ehrfurcht zu erwecken. Der Mann war die Ruhe in Person, aber beinhart in der Ausbildung. Er hat uns fertiggemacht, ohne ein einziges Mal die Stimme zu erheben. Aber mehr als einmal hat er uns in Todesgefahr gebracht und uns dann „gedrillt". Wenn Sie das einmal intus haben, vergessen Sie es Ihr ganzes Leben nicht mehr und reagieren in jeder Situation wie eine gut geölte Maschine.

Der Große schlägt zu, ich ducke mich seitlich weg und werfe mich ihm förmlich an die Brust. Es nutzen die härtesten Fäuste nichts, wenn man sie nicht einsetzen kann. Ich stehe förmlich auf seinen Zehen, zwischen seine Arme gedrängt, und schlage mit den Unterarmen immer wieder gegen seinen Hals und die darauf anschwellenden Adern. Links, rechts, links, rechts, links. Das tut ihm nicht gut, aber noch weniger gut tut es ihm, als ich den Größenunterschied ausnutze und meine relativ harte Stirn gegen seine nicht ganz so harte Nase schlage. Er schreit auf und das Überraschungsmoment nutze ich aus, um mich von ihm zu lösen und seitlich wegzuhechten. Wieder nur Sekundenbruchteile, bevor Idiot Nummero zwei den Baseballschläger herunterdonnern lässt.

Volltreffer. Ich nehme an, die beiden werden später einiges zu besprechen haben. Ich hingegen gehe auf den sich aufrappelnden Schlagringmann zu und gebe ihm einen Tritt gegen den Hals. Er kippt um.

Währenddessen hat der Muskelprotz reflexartig auf die Baseballschlägerattacke reagiert und seinem Kumpel einen Faustschlag verpasst. Ich kann es nicht beschwören, aber ich bilde mir ein, den Kiefer brechen gehört zu haben. Der Mann fällt auf jeden Fall um wie ein Sack. Der Schläger rollt auf dem Boden direkt auf meine Füße zu. Ich hebe ihn auf.

„*Das Kleinlichste auf Erden ist Habsucht, Vergnügungssucht und Großsprecherei, – das Größte: Großmut, Sanftmut und Wohltätigkeit*“, erkläre ich dem Sprecher der drei Musketiere, während er sich aufzurichten versucht.

„Genug jetzt! Verschwindet! Auf der Stelle!“, höre ich Laras Stimme hinter mir. Ich hatte gehofft, sie würde sich in Sicherheit bringen - sich in Haus oder Garten verstecken, aber sie drängt sich an mir vorbei. Ihr

Verhalten überrascht mich, ehrlich gesagt. Aber was mich noch mehr überrascht, ist die Pistole in ihrer Hand.

34

„After Midnight“ verklang langsam und Johann Joseph Urban schaltete das Autoradio aus. Er schaffte es nie, eine Nummer von Cale abzudrehen, bevor sie zu Ende war. Zu hypnotisch war der Rhythmus, zu süchtig machend die sparsamen, wie zufällig hingeworfenen Licks, zu zwingend die verschwörerisch flüsternde Stimme des Amerikaners.

Außerdem war der Musiker Ideengeber für Johann Joseph gewesen. John Weldon Cale hatte sich J.J. genannt, weil es in der Musikszene bereits einen John Cale gegeben hatte, was immer wieder zu Verwechslungen bei Buchungen von Liveauftritten geführt hatte. Also hatte auch Johann Joseph diese Abkürzung benutzt. In seiner Jugend vor allem, weil sie sehr cool klang. Später, weil ihn niemand mehr unter einem seiner Vornamen kannte. Übrigens auch nicht unter seinem Nachnamen.

„Morgen, Jungs“, begrüßte er die beiden Wachposten, als er das Gebäude am Rennweg betrat.

„Morgen, J.J., sag mal, ist das die senile Bettflucht, oder was? Du bist in Pension, Mann! Wenn ich in Pension wäre, würd’ ich doch vor zehn überhaupt nicht aus dem Bett steigen.“

„Das hab ich gemacht, solang ich ‚aktiv‘ war“, grinste J.J., „Da hab ich auch Bordellbesuche als Überstunden aufgeschrieben, aber jetzt, wo ich nicht mehr beim Club bin, muss ich langsam seriös werden.“

Die Wachen lachten. Das war natürlich Unsinn, es gab keinen BVT-Mitarbeiter, aktiv oder inaktiv, mit einem besseren Ruf als J.J. und auch keinen, der beliebter war. Außerdem war seine Expertise unumstritten. Nicht einmal höhere Beamte scheuten sich davor, ihn offen um Rat zu fragen, und so wurde seine oftmalige Anwesenheit als willkommener Anlass genommen, ihn „anzuzapfen“.

Heute allerdings war er es, der anzuzapfen gedachte. Er steuerte geradewegs das Büro von Hermann Vogl an. Der war noch ein paar Jahre vom Ruhestand entfernt. J.J. galt, wenn er nicht gerade mit den jüngeren Semestern scherzte, als eher wortkarg, aber das war nichts gegen Vogl.

„Servus.“

„Servus.“

„Und?“

„Ja, eh."

„Okay."

„Und selbst?"

„Na ja."

J.J. konnte sich wunderbar anpassen. Der private Teil des Gespräches war somit abgehandelt, nun konnte man dienstlich werden.

„Hast du was?"

„Glaub schon."

„Gut."

Als Vogl ihm vorgestern eröffnet hatte, dass Marielle Becker eigentlich Steiner beziehungsweise Fuchs geheißen hatte, wollte J.J natürlich mehr wissen und hatte ihn gebeten, diesbezüglich nachzubohren.

„Noch eine Namensänderung."

„Von der Becker?"

„Nein. Von einem Fuchs."

„Was?"

„Die Becker hat ihren Namen von ‚Fuchs' auf ‚Steiner' geändert."

„Ja."

„Im selben Monat hat noch ein ‚Fuchs' seinen Namen geändert."

„Zufall?“

„Kaum?“

„Wieso?“

„Wenn du Pimmel oder Stinker oder Krautschädl heißt, änderst du irgendwann deinen Namen. Aber bei Fuchs …“

„Auch wahr.“

„Eben.“

„Und dieser Fuchs, was ist mit dem?“

„Drei Jahre älter als die Becker.“

„Könnte ihr Bruder sein.“

„Ist er auch.“

„Und wie heißt er jetzt?“

„Peter Hoffmann.“

35

„Was soll das heißen?"

Alessandro Lupo zog die Augen zu schmalen Schlitzen zusammen. Eine äußerst bedrohliche Miene, die allerdings durchs Telefon keine Wirkung zeigte. Das war aber auch gar nicht notwendig, der Anrufer war auch so schon äußerst geknickt.

„Also, ich habe ihm natürlich gesagt, er soll sich nicht in fremde Angelegenheiten mischen und so ... Die Botschaft ist auch angekommen, also, wir haben ihm schon Druck gemacht, aber das mit der Abreibung ... ich meine, sie waren zu zweit ..."

„Er hatte einen Bodyguard bei sich?"

„Nein, nicht direkt, eher eine Frau."

„Eine Frau? Und ihr Schlappschwänze lasst euch von einem kleinen Detektiv und einem Weib ..."

„Sie hatte eine Pistole!"

„Eine Pistole?“

„Ja. Vielleicht eine Polizistin in Zivil, was weiß ich?“

„Eine Polizistin …“ Lupo dachte nach. Bisher hatte er gedacht, dass dieser Gardner auf eigene Faust recherchierte. Aber wenn er mit der Polizei zusammenarbeitete, war das natürlich eine andere Sache. Das bedeutete Schwierigkeiten. Aber nur dann, wenn es sich tatsächlich um eine Polizistin gehandelt hatte.

„Sollen wir ihn noch mal besuchen, wenn er alleine ist?“

„Nein. Ihr wartet jetzt einmal ab, bis ich euch sage, wie es weitergeht.“

„Capito.“

Lupo legte auf und warf das Handy auf seinen Schreibtisch. Aber gleich darauf nahm er es wieder zur Hand, suchte unter den Einträgen und wählte. Er hatte eine Idee.

„Messner.“

„Herr Major. Hier ist Alessandro Lupo. Ich …“, er brach ab und machte ein Geräusch, das übers Telefon durchaus als Schluchzen durchgehen konnte. „Ich möchte … Sie fragen, ob Sie schon etwas herausgefunden haben. Über dieses … Monster, das meine Frau ermordet hat.“

„Nun ja, es ist noch zu früh, im Augenblick ermitteln wir in viele Richtungen. Ich kann zum derzeitigen Zeitpunkt noch nichts sagen, aber seien Sie versichert, dass wir alles Menschenmögliche tun, um den Täter so schnell wie möglich zu fassen."

„Ja. Dasselbe sagte mir auch Ihr Herr Gardner."

„Wer?"

„Gardner. Er war bei mir. Ich glaube, mit einer Ihrer Beamtinnen."

„Mit einer von unseren Beamtinnen? Hören Sie, Herr Lupo, das ist Unsinn. Leo Gardner hat nichts mit unseren Ermittlungen zu tun und Sie können sicher sein, dass keine Kollegin etwas mit ihm zu tun hat. Das wüsste ich. Falls er Sie nochmals belästigt, dann verständigen Sie mich sofort."

„Ja. Verstanden. Das will ich gerne tun. Auf Wiederhören."

Lupo legte auf. Keine Polizistin, also. Gut. Er wählte erneut.

„Pronto?"

„Das war keine Polizistin. Ihr werdet also einen neuen Besuch machen. Aber diesmal lasst ihr euch nicht verarschen. Klar?"

„Klar." Der andere legte auf.

Aber noch ehe Lupo das Mobiltelefon aus der Hand legen konnte, wurde er angerufen. Automatisch hob er ab.

„Guten Tag, Herr Lupo, hier spricht Leo Gardner, hätten Sie einen Moment Zeit?"

36

Alessandro Lupo klingt äußerst reserviert. Kein Wunder, wahrscheinlich rechnet er damit, dass ich ihn mit der gestrigen Schlägertruppaktion konfrontiere. Aber mein Plan ist ein anderer.

Vor zehn Minuten hat mich J.J. angerufen, um mir zu sagen, dass Marielle Becker einen Bruder hat, der seinen Namen ebenfalls geändert hat. Den würde ich gerne kennenlernen. Ist allerdings nicht ganz leicht. In Wien gibt es laut elektronischem Telefonbuch zweihundertzweiundvierzig Hoffmanns. Und keine Garantie, dass er nicht mittlerweile in Salzburg oder Köln lebt.

„Vielleicht wundern Sie sich, dass ich anrufe, aber ich hätte es nicht gemacht, wenn es nicht wirklich wichtig wäre." Ich bin die Höflichkeit in Person.

„So?" Immer noch reserviert.

„Hat Marielle Becker je etwas über ihre Vergangenheit erzählt? Über ihre Familie? Konkret, dass sie vor Jahren ihren Namen geändert hat und auch einen Bruder hatte, der dasselbe gemacht hat? Hat sie irgendetwas erzählt - über ihren Bruder?"

Ich habe nicht viel Hoffnung, dass Lupo etwas weiß. Mit einem Geliebten verbringt man möglichst angenehme Stunden, da stellt man Familienprobleme hinten an. Andererseits - etliche Menschen sind im postkoitalen Zustand auch sehr mitteilungsbedürftig.

Moment! Denken Sie jetzt nicht, dass ich von mir auf andere schließe. Diese Weisheit bekamen wir beim BVT von einem vortragenden Psychologen serviert. Und „Eva" war der Deckname einer unserer Top-Kolleginnen, die auf diesem Weg mehr Informationen sammelte als alle anderen.

„Ich weiß nicht, warum ich Ihnen das erzählen sollte." Der Mann bleibt hartnäckig. „Sie sind nicht von der Polizei, Sie sind gar nicht befugt, irgendwelche ‚Ermittlungen' anzustellen. Ich denke, Sie sind einfach irgendein Spinner." Oha!

„Mache dich von den Vorurteilen los, und du bist gerettet", versuche ich es mit Marc Aurel.

„Wie bitte?"

„Das war von Marcus Aurelius, ein Landsmann von Ihnen, Römer, glaube ich. Ist auch schon wieder ein paar Jahre tot. Aber worauf es ankommt, Herr Lupo, ist doch, dass wir herausfinden, wer Ihrer Frau das angetan hat, oder? Und auf dem Weg dazu muss ich den Bruder von Marielle Becker finden. Oder sind Sie gar nicht interessiert, den Täter zu fassen?"

Ein bisschen auf den Busch klopfen kann nicht schaden. Wahrscheinlich weiß er ohnehin nichts und wenn er etwas weiß, sagt er es nicht, und wenn er etwas sagt, dann nicht mir. Tatsächlich verspreche ich mir mehr von einem Gespräch mit Paul Becker. Der ist der Nächste auf meiner Liste.

„Ich werde es nur noch einmal sagen, dann schicke ich Ihnen die Polizei, Sie Verrückter: Sie sind nicht befugt, irgendetwas zu fragen."

„Die Polizei oder einen Schlägertrupp?" Vielleicht muss ich doch die etwas weniger elegante Variante wählen.

„Bitte?"

„Na, kommen Sie, Lupo, Sie wissen doch von meiner Vergangenheit und von meinen Beziehungen zum BVT. Glauben Sie nicht, dass wir über das Kennzeichen des Wagens und die Visagen meiner gestrigen Besucher die Identitäten feststellen können? Und irgendwer singt dann immer - Sie kennen doch diese Kleinkriminellen! Wankelmütig, unzuverlässig, falsch und verlogen. Gegen Strafminderung liefern die Sie doch mit Vergnügen ans Messer. Natürlich hilft Ihnen dann Ihre diplomatische Immunität - aber ein bisschen was bleibt dann doch an der weißen Weste hängen. Und wenn die Weste nicht mehr so weiß ist, gehen viele Dinge nicht mehr ganz so leicht, und das ist wiederum schlecht fürs Geschäft. Capito?“

Ich klinge sehr überzeugend, bin es aber nicht so ganz. Dass die Handlanger von einem Kaliber wie Lupo auspacken, ist sehr unwahrscheinlich, ich habe im Gefängnis mehr als eine Vergeltungsaktion gegen einen Verräter mitansehen müssen. Wer glaubt, dass er hinter Gittern sicher ist, der lebt nicht lange. Daher setze ich gleich nach.

„Aber reden wir doch nicht von unangenehmen Dingen, ich habe Sie lange genug aufgehalten, ich bitte Sie doch nur um eine Auskunft, dann lege ich schon wieder auf. Hat Marielle einen Bruder? Wissen Sie, wo er ist?“

Kurzes Schweigen. Nachdenkphase. Entschluss.

„Sie hat nie von einer Namensänderung erzählt. Auch nicht von einem Bruder. Einmal redeten wir über Familien und sie sagte, dass sie Probleme in ihrer gehabt hat. Früher. Aber sie wollte nicht darüber sprechen. Ich denke - es muss etwas sehr Schlimmes gewesen sein.“

37

Ich beschließe, ihm zu glauben. Zumindest so lange, bis das Gegenteil bewiesen ist.

Dann rufe ich Paul Becker an. Er bemüht sich, ist kooperativ, bedankt sich nochmals, dass ich ermittle, weiß aber auch nichts von einem Bruder. Mittlerweile hat er auch ihre Papiere durchgesehen. Nichts. Kein verstecktes Tagebuch, keine Briefe, keine offiziellen Dokumente.

Ich strecke mich auf meinem Hotelbett aus und schließe einen Moment die Augen. Denke nach.

Etwas Schlimmes ist in ihrer Familie geschehen.

Vor langer Zeit.

Den Bruder hat sie nie erwähnt.

Kann es sein, dass dieser Bruder sie missbraucht hat?

Oder ihr Vater?

Sie und den Bruder?

J.J. muss weiterbohren, muss mehr über diese Familie Fuchs in Erfahrung bringen. Leider ist auch das ein weiter verbreiteter Name. Aber J.J. wird es schaffen, da bin ich ganz sicher. Trotzdem darf ich nicht davon ausgehen, dass das Familiengeheimnis auch die Morde erklärt. Möglicherweise haben die doch eher etwas mit Marielle Beckers Arbeit zu tun. Ich muss mit den Leuten von „Frontal" reden.

Dann kehren meine Gedanken zum gestrigen Abend zurück - konkret zu Lara Weiss und ihrer Pistole.

Warum trägt eine Sekretärin eine Pistole mit sich herum? Selbstverständlich habe ich diese Frage auch persönlich gestellt. Sie war mir ausgewichen, hatte davon gesprochen, dass sie manchmal Bargeld für ihre Firma zur Bank bringen müsse, dass sie eine wehrlose Frau sei, die am Stadtrand wohnt, dass bei ihr schon einmal eingebrochen worden sei.

Ich glaube ihr kein Wort.

Natürlich war die Waffe gestern hilfreich gewesen. Ich hatte die Burschen zwar gut im Griff gehabt, aber die Pistole hatte das Ganze dann doch abgekürzt und den Rückzug der drei Idioten beschleunigt.

Wir hatten dann meinen Koffer geholt, ich hatte sie nach Hause gefahren und mich anschließend ins Hotel begeben. Nicht wegen des Überfalls, meinen vorübergehenden Umzug hatte ich schon vorher beschlossen.

Es soll niemand sagen, dass ich nicht versucht habe, in dem Haus zu wohnen und es gleichzeitig auszuräumen und den Umbau vorzubereiten. Ich habe mein Bestes getan. Aber vorgestern war ich ein bisschen zu eifrig und das hat der alten Wasserleitung gar nicht gefallen. Am gestrigen Morgen stand das Wasser im Badezimmer drei Zentimeter hoch und lief nur deshalb nicht in die anderen Räume, weil es einen bequemen Weg in den ohnehin schon feuchten Keller gefunden hatte. Wie Sie wissen, mag ich Wasser, aber man kann alles übertreiben. Schweren Herzens suchte ich mir das nächstgelegene Hotel aus dem Internet und rief einen Installateur[1] und eine Baufirma an. Morgen treffe ich mich mit den Leuten und dann wird sich herausstellen, ob ich dort je wieder einziehen kann.

Mein Handy läutet.

Lara.

„Wie ist das Leben im Hotel, Schläger-Schorsch?"

„Ziemlich ruhig. Fast schon langweilig, Pistolen-Lady."

„Hast du etwas herausgefunden?"

„Ich nicht. Aber J.J., der alte Fuchs."

„Und?"

„Der alte Fuchs hat einen jungen Fuchs gefunden. Und dieser junge Fuchs wollte nicht mehr Fuchs heißen, sondern Hoffmann. Kurz: Marielle Becker/Steiner/Fuchs hat einen Bruder, der ungefähr gleichzeitig mit ihr seinen Familiennamen geändert hat."

„Interessant."

„Ja. Und noch interessanter: Weder Alessandro, der Mafiapate, noch Paul, der gehörnte Ehemann, haben etwas von diesem Bruder gewusst."

„Du hast den Paten angerufen? Nach der gestrigen Aktion?"

„Ich musste ihn doch nach dem Bruder fragen."

Sie lacht.

Wissen Sie, es gibt Lachen und Lachen. Ihr Lachen ist dazu angetan, die ganze Umgebung anzustecken. Die ganze Umgebung bin momentan ich. Ich muss mitlachen.

„Und er war natürlich die Auskunftsfreude in Person, oder?"

„Am Anfang hat er sich ein bisschen geziert, aber dann ... Egal, er wusste nichts von einem Bruder."

„Glaubst du ihm?"

„Na ja, ich wüsste nicht, warum er mich anlügen sollte."

„Auch wieder wahr. Und wie heißt der Bruder?"

„Hoffmann. Peter Hoffmann."

„Wann reden wir mit ihm?"

Ich muss nochmals lachen, Laras Eifer ist trotz nächtlichem Überfall ungebrochen.

„Es gibt ein kleines Problem. Wir wissen nicht, wo er lebt. Marielle hätte es vielleicht gewusst, aber die wird es uns nicht mehr sagen können."

„Stimmt. Und jetzt?"

„J.J.s Quellen sind tief. Irgendwann findet er ihn. Und bis dahin werde ich mir einmal Marielles berufliches Umfeld ansehen."

„Und ich mein Tippsen-Netzwerk in Bewegung setzen. Wäre doch gelacht, wenn wir nichts finden."

„Das denke ich auch."

„Sag mal, was machst du eigentlich, wenn die drei Typen von gestern wieder auftauchen und dann fünf sind?"

„Und du nicht da bist, um mich zu beschützen, Pistolen-Lady?"

„Genau!"

„Ich drücke ihnen Spaten und Schaufel in die Hand, vielleicht auch Hammer und Sichel, bei meiner Baustelle und im Garten kann ich jede Menge Hilfe brauchen. Ich nehm,' was ich kriegen kann."

Erneutes Lachen aus dem Telefon.

„Gute Nacht, Schläger-Schorsch.“

„Gute Nacht, Pistolen-Lady.“

---

1. Klempner

38

Ich bin ein bisschen beunruhigt. Die Stoa besagt ja, dass man sich nur um die Dinge kümmern soll, die man selbst beeinflussen kann. Die anderen soll man sozusagen links liegen lassen. Manchmal ist es allerdings nicht ganz leicht festzustellen, ob etwas in die eine oder die andere Kategorie fällt.

Nehmen wir zum Beispiel meinen heutigen Traum: Da könnte ja einer sagen, dass man Träume nicht beeinflussen kann, also sollte man sich auch gar nicht darum kümmern. Also, denke gar nicht dran, Leo!

Wissen Sie, ich will das auch gar nicht überbewerten, ich glaube nicht an Vorahnungen, an schicksalhafte Zeichen, Traumdeuterei und so weiter. Aber der Traum von letzter Nacht beschäftigt mich doch sehr. Er war auch sehr ... intensiv.

Die Hauptrolle spielte Lara Weiss. Sie trug dasselbe Kleid wie in der Hofburg, das mit dem langen Seitenschlitz. Allerdings trug sie es nicht lange, wenn Sie verstehen, was ich meine. Wie gesagt, war der Traum sehr ... intensiv. Und am Ende hatte die nackte Lara über mir plötzlich eine Pistole in der Hand. „Danke", hatte sie in meinem Traum geflüstert, den Lauf gegen meine Stirn gepresst, gelächelt - und abgedrückt.

Ich weiß schon, was Sie jetzt denken. Man muss auch kein großer Psychologe sein, um die Herkunft solcher Träume erklären zu können. Aber lassen wir das.

Was wichtiger ist, J.J. hat um sechs Uhr fünfunddreißig (und vierzehn Sekunden) angerufen und mir den „richtigen" Peter Hoffmann genannt. Mit Adresse, Telefonnummer und Namen der Firma, für die Hoffmann arbeitet.

Jetzt bin ich schon auf dem Weg zu Hoffmann. Der GT wühlt sich durch den morgendlichen Wiener Stau. Ich habe beschlossen, keine Zeit zu verlieren und Marielles Bruder zu Hause aufzusuchen, noch bevor er zur Arbeit geht. Eine telefonische Ankündigung halte ich nicht für zielführend.

Zwischen der Engerthstraße und dem Handelskai bilden gut zwanzig Hochhäuser aus den Siebzigerjahren einen trostlosen Wohnpark. Ich suche mir die richtige Stiege[1] und warte, bis jemand das Haus verlässt, dann schlüpfe ich ins Stiegenhaus[2], bevor die Türe zufällt. Ich hasse Unterhaltungen durch die Gegensprechanlage. Seine Wohnung liegt im fünften Stock, trotzdem nehme ich die Treppe. Er öffnet nach dem zweiten Läuten.

„Ja?“ Der Mann, der bei vorgelegter Sicherheitskette durch den Spalt der Tür schaut, wirkt älter, als er laut BVT sein sollte. Hat sich J.J.s Quelle geirrt?

„Guten Tag, Herr Hoffmann, mein Name ist Leo Gardner“, sage ich in ziemlich offiziellem Tonfall, tippe gegen meinen Fedora und halte ihm kurz einen alten BVT-Ausweis hin, den ich vor Jahren „verloren“ habe. „Ich habe ein paar Fragen an Sie. Darf ich reinkommen?“

Er scheint kurz zu erschrecken.

„Worum geht's?“

„Um eine Untersuchung, mit der ich momentan beschäftigt bin. Die Sache ist ein wenig heikel, deshalb würde ich sie ungern hier im Stiegenhaus erklären, wo alle Welt zuhören kann.“

„Ich muss in vier Minuten zur Arbeit.“

„Ich störe Sie auch gar nicht lange. Zwei, drei Fragen für die Akten und ...“

„Na gut.“ Er schließt die Tür, nimmt die Sicherungskette weg und lässt mich dann rein. Da der Vorraum winzig ist, bleibt ihm nichts anderes übrig, als mir den Weg ins Wohnzimmer zu weisen. Offen gesagt, habe ich noch nie einen so unpersönlichen Raum wie diesen gesehen. Das Zimmer ist voll ausgestattet, mit einer Art Wohnlandschaft aus den Neunzigern, mit TV, Stereoanlage, Sitzgarnitur und einem niedrigen Tischchen. Aber jede Art von persönlichen Gegenständen fehlt. Keine Bücher, keine CDs, Fotos oder sonstige Erinnerungsstücke. An den Wänden hängen zwei Großformatdrucke, wie sie in den Möbelhäusern angeboten werden. Die nächtliche Skyline von New York und die nächtliche Skyline von Hongkong. Sonst nichts. Boden, Tisch und sonstige Flächen sind blitzsauber.

„Worum geht es?“, fragt er nochmals, ohne mir Platz anzubieten. Er lässt gute zwei Meter Abstand zu mir und hat die Hände vor der Brust verschränkt.

„Ich ermittle im Auftrag von Paul Becker. Sagt Ihnen der Name etwas?“

Hoffmann schüttelt energisch den Kopf. Etwas zu schnell, wie ich finde.

„Paul Becker ist der Ehemann eines Mordopfers. Marielle Becker.“ Ich schaue ihn direkt an und mache eine Pause. Er hat den Blick schon während ich noch sprach, gesenkt. Zwei Sekunden starrt er hartnäckig auf den Boden, aber als die Stille unangenehm wird, blickt er kurz auf und zuckt die Schultern.

„Kenn’ ich nicht.“ Dann schaut er wieder auf den Boden.

„Marielle Becker hat früher Anna Fuchs geheißen.“

„Kenn’ ich auch nicht.“

„Dann kennen Sie vielleicht einen Jürgen Fuchs?“

„Nie gehört, ich glaube, Sie verwechseln mich mit jemandem.“

„Warum Sie?“

„Was?“

„Ich habe Sie nach einem Jürgen Fuchs gefragt, und Sie haben geantwortet, dass ich Sie mit jemandem verwechsle. So als hätte ich mit Jürgen Fuchs Sie gemeint.“

„Was? Nein. Blödsinn, ich meine, dass Sie mich mit jemand verwechseln, der diese Leute kennt.“

„Herr Hoffmann, warum haben Sie 2004 Ihren Namen geändert?“

„Was reden Sie da? Ich habe …“

„Sie haben bis dahin Jürgen Fuchs geheißen und ab 2004 Peter Hoffmann. Das ist amtlich.“

„Das ist Blödsinn! Sag ich doch, dass Sie mich verwechseln. Ich habe keine Schwester. Ich kenne keinen Fuchs!“

„Marielle Becker wurde ermordet. Brutal. Und es ist zu befürchten, dass es einen Zusammenhang …“

„Von welchem Amt sind Sie? Haben Sie gesagt, dass Sie im Auftrag von einem Paul Becker ermitteln? Zeigen Sie mir noch mal Ihren Ausweis.“ Er geht in die Offensive. Die Sache lässt ihn nicht kalt, was sie aber würde, wenn es sich tatsächlich um eine Verwechslung handeln würde. Ich bin sicher, dass er der richtige Mann ist. Den alten BVT-Ausweis will ich verständlicherweise nicht für eine genaue Beschau herausholen.

„Herr Hoffmann, Sie haben ganz recht. Ich ermittle privat und möchte den tragischen Tod dieser Frau aufklären. Ihre Namensänderung hingegen ist amtlich. Ich habe einfach gehofft, dass Sie auch ein Interesse daran haben, die Sache aufzuklären."

„Gehen Sie jetzt, sonst hole ich die Polizei. ‚Gardner' haben Sie gesagt, ist das Ihr richtiger Name? Vielleicht haben Sie ja Ihren Namen geändert. Gehen Sie! Ich werde mich über Sie erkundigen! Beschweren!"

Er wird immer lauter, stürzt zur Wohnungstür, reißt sie auf und winkt mich mit dem Arm hinaus, wie ein Verkehrspolizist.

„Verschwinden Sie! Raus aus meiner Wohnung, Gardner! Los, los, los!" Mit dem Mann ist nicht mehr zu reden, ich gehe. Auf dem Gang haben sich mehrere Wohnungstüren spaltbreit geöffnet und neugierige Augenpaare folgen mir auf dem Weg zur Treppe.

---

1. Österreichisch: Teil einer Adressangabe
2. Treppenhaus

39

Wie immer sprang die Neonröhre erst mit erheblicher Verzögerung an. Der Schlag kam, noch bevor der Raum hell genug war, um irgendetwas erkennen zu können. Dann schnappte die metallene Tür zu und es war für ein paar Augenblicke ganz dunkel, ehe das Neonlicht endlich aufflammte. Aber im selben Moment wurde ihm ein Sack über den Kopf gezogen. Was er in der Hand gehalten hatte, fiel zu Boden, Blut floss aus der Nase über Mund und Kinn und wurde nur zum Teil vom Stoff des Sackes aufgesaugt. Gegen den Schock und den Schmerz des ersten Schlages ankämpfend, versuchte er, sich zu wehren. Er ging leicht in die Knie, ballte die Fäuste und schlug dann blind zu.

Nichts.

Noch ein Versuch.

Wieder ins Leere.

Dann kam die Antwort.

Der Schlag wurde mit einer derartigen Heftigkeit ausgeführt, dass er nach hinten fiel und mit dem Hinterkopf gegen die Türe knallte. Er heulte vor rasendem Schmerz auf, es kam aber nur ein mattes Krächzen heraus, da sich sein Mund bereits mit Blut, Zähnen und Knochensplittern gefüllt hatte. Trotz allen Schmerzes überwog die Panik zu ersticken. Er versuchte auszuspucken. Das ging nur zum Teil, der Sack saß relativ eng. Er hob die Hände, packte die Ränder des Sackes in Höhe seiner Schultern, um ihn herunterzureißen. Aber seine Finger hatten gerade erst den Saum erreicht, als der nächste Schlag kam.

Und dann der nächste.

Und der nächste.

Und der nächste.

Und noch einer.

Und immer wieder.

Immer wieder.

Es waren grelle Blitze, die ihn für Sekundenbruchteile aus dem tiefen Meer der Ohnmacht rissen, ihn durch die unerträglichen Schmerzen kurz dem Wahnsinn nahe brachten und ihn dann wieder abtauchen ließen. Bis zum nächsten Blitz.

Viel später würde Doktor Bauer, der Gerichtsmediziner, feststellen, dass die eigentliche Todesursache Ersticken gewesen war. Ein Teil des linken Jochbeins würde abgesplittert und durch die starke Blutung in die Luftröhre gespült worden sein, wo es nach kurzem Weg stecken geblieben war.

„Da war aber schon etliches an Blut in die Lunge gelangt, was auch nicht gesund ist", wie der Doktor trocken anmerken würde. Das Gesicht selbst würde nicht mehr als solches zu erkennen sein. Unterkiefer zweifach gebrochen, Oberkiefer zertrümmert, Nasenbein regelrecht atomisiert. Einzelne Splitter würde Bauer bei der Obduktion aus der rückwärtigen Schädeldecke ziehen.

40

Der Tag hatte bescheiden begonnen und sich im weiteren Verlauf immer schlechter entwickelt. Lorenz Messner hatte nach einer unruhigen Nacht schon in der Früh höllisch unter seiner Pollenallergie gelitten und war mit verquollenen Augen und triefender Nase ins LKA gekommen. Hager, der etwas Brauchbarere seiner Assistenten, war seit dem Vortag krankgeschrieben, was bedeutete, dass Messner zwangsläufig Reimann beauftragen musste, den Bericht über die bisherigen Ermittlungsergebnisse im Fall Becker zusammenzufassen. Um halb zehn wollte Hofrat Frey Messner zum Rapport sehen und wartete natürlich auf Ergebnisse. Idealerweise auch gleich einen Hauptverdächtigen.

Noch bevor Messner Reimann diesbezüglich Beine machen konnte, rief irgendein Sektionschef an und erzählte ihm, dass die italienische Botschaft dabei wäre, eine Protestnote zu verfassen, weil die Polizei es nicht schaffte, einen „hochrangigen Diplomaten“

(gemeint war Alessandro Lupo) nicht vor Belästigungen durch einen offenbar verwirrten Menschen (gemeint war Leo Gardner) zu schützen.

Messner versprach Abhilfe, legte auf, fluchte, war aber andererseits froh, dass er Gardner jetzt sozusagen auf „höhere Weisung“ hin in seine Schranken weisen konnte. Dann brüllte er nach Reimann, der eilig herbeikam.

„Sie nehmen sich den bisherigen Bericht von Hager vor, ändern möglichst gar nichts am Inhalt, sondern bringen mir den in eine Form, die ich bei einer Pressekonferenz vorlesen könnte, ohne dass wir uns blamieren. Glauben Sie, dass Sie mich vollinhaltlich verstanden haben?“

„Natürlich, Herr Major! Ich mache mich sofort an die …“

Aber Messner wedelte ihn schon weg, während er sich das zwanzigste Taschentuch des Tages angelte. Das Telefon klingelte erneut.

„Wir haben eine Leiche gemeldet bekommen, deutliche Anzeichen eines Gewaltverbrechens. Die Spurensicherung ist benachrichtigt, ich schicke Ihnen die Adresse des Fundortes auf's Handy.“

„Kann das nicht jemand anderer machen, ich bin in einer Stunde beim Chef.“

„Die Gruppe Panigl ist vor einer Viertelstunde nach Döbling gefahren, wo eine alte Dame überfallen worden ist, und Reichelt steckt irgendwo bei St. Pölten im Stau. Sie sind der Nächste auf meiner Liste, Herr Major."

„Verfluchte Sauerei!"

„Ja, das passt. Offenbar liegt das Opfer in einem Müllraum."

„Sicher irgendein Sandler[1]. Will mit seinem Kumpel in den Keller einsteigen, dann streiten sie sich um eine Flasche Schnaps, einer erschlägt den anderen, will ihn in einem Mistcontainer entsorgen, hört wen kommen und rennt weg. Ich hasse diese Stadt!"

Aber als Messner und Reimann eine knappe halbe Stunde später in Einwegoveralls und Plastiküberschuhen den Müllraum in der Engerthstraße betraten, merkten sie schnell, dass es sich um kein Sandlerdrama handelte. Der Tote hatte einen Sack über dem Kopf und was sich dahinter verbarg, ahnten sie beide.

---

1. Penner

41

„Hallo Gerda! Lange nicht gehört." Lara Weiss lachte ins Telefon, und dieses Lachen konnte nicht nur Leo Gardner anstecken, sondern alle. Männer wie Frauen. Und Gerda Hauenstein war ohnehin eine, die gern lachte.

„Lara! Herzilein. Dein Lachen würde ich unter Tausenden erkennen. Ja, es ist lange her. Wie läuft es denn so, in deiner Welt bei den Reichen und Schönen?"

„Ach, weißt du, das stellt man sich immer so aufregend vor. Die Geschäftsleute, mit denen wir es hier zu tun haben, sind wirklich reich und manche sind sogar schön, aber in erster Linie sind sie Geschäftsleute und das heißt, dass sie hauptsächlich Geschäfte im Kopf haben. Und das ist dann ... ehrlich gesagt, schon wieder langweilig."

„Dafür stimmt dein Gehalt wenigstens oder?"

„Na ja. Es geht. Geschenkt wird mir auch nichts. Sag einmal, wie geht es deinem Tiger? Mr. Boombastic?“

Gerda brach in Gelächter aus. Sie freute sich, dass Lara sich an ihren Kater erinnerte. Und wie alle Katzenliebhaberinnen liebte sie es, von Mr. Boombastic zu erzählen. Es vergingen fast zehn Minuten voll aufregender Geschichten (der fette Riese hatte mittlerweile fast achtzehn Jahre auf dem Buckel, ein biblisches Alter für einen Kater, Gerda musste zweimal wöchentlich zum Tierarzt mit ihm, wegen seines hohen Blutzuckers und seiner brüchigen Zähne kochte sie ihm spezielle Mischungen aus Zucchini und Fischresten, er verkroch sich immer noch mit Vorliebe in Gerdas Kleiderschrank und so weiter und so weiter).

Am Ende des überaus erfreulichen und heiteren Gespräches fiel Lara noch etwas ein: „Du sag mal, eure Zeitung war doch die Erste, die ihr Archiv digitalisiert hat, nicht wahr?“

„Erinnere mich nicht daran, ich hab Millionen von Seiten eingescannt. Das Geräusch werde ich nie mehr aus dem Kopf kriegen: Klick, Schrmmm, Siiiiiiiiiiiiis, Krz, Schrmmm. Mindestens eine Million Mal.“

„Oh, du Ärmste! Aber dieses Archiv, ich meine, könntest du etwas nachsehen? Ich will einem Bekannten bei der Suche nach einer alten Familienangelegenheit helfen.“

„Einem guten Bekannten?“

„Ja … eigentlich schon gut."

„Gut, wie gut?"

„Na ja, das … ähm, weiß ich noch nicht so genau." Gerda lachte schallend ins Telefon. „Ruf mich an, wenn du es weißt und erzähl' mir dann haargenau, wie gut, hörst du? Nur weil ich eine alte Schachtel bin, heißt das nicht, dass mich so was nicht mehr interessiert. Und die Familienaufstellung mach' ich dir."

„Super, danke, Gerda."

„Worum geht's und wie heißt die Mischpoche?"

„Fuchs. Es geht um Leute mit dem Nachnamen Fuchs. 2004 haben eine Anna Fuchs und ein Jürgen Fuchs ihre Nachnamen geändert. Und jetzt wäre es interessant, warum. Vielleicht war da irgendeine Missbrauchsgeschichte."

„Ich schau nach und melde mich, Herzilein."

„Danke! Und kraul' Mr. Boombastic den Bauch von mir."

42

Messner zog die Augenbrauen hoch.

„Würden Sie den Mann wiedererkennen? Auch ohne Hut?“ Die Frau zögerte.

„Na ja, sehr elegant gekleidet. Vielleicht fünfunddreißig, schlank, normal groß. Das Gesicht ... ohne den Hut? Na, weiß ich nicht.“

„Und was genau hat Herr Hoffmann gesagt?“

„Eher schon geschrien: Raus, raus, los, los, gehen Sie aus meiner Wohnung, oder so ähnlich. Sehr aufgeregt. So hab’ ich den noch nie gesehen, das war mehr so ein ganz ruhiger, also gegrüßt hat er schon, aber sonst ... nicht direkt unfreundlich, aber halt nicht so auf’s Reden aus. Der war mehr so für sich und ...“

„Ja ja, schon gut“, unterbrach sie Messner ungeduldig. „Also er hat ihn rausgeworfen. Und dann?“

„Dann hat er die Wohnungstür zugeknallt. Aber wie! Und der Fesche mit dem hellen Anzug und dem Hut ist die Stiegen runtergegangen."

Messner spürte ein heftiges Kribbeln, das diesmal nichts mit seiner Allergie zu tun hatte. Vielmehr war es das Kribbeln, das ein Jäger verspürt, wenn er bei Tagesanbruch auf seinem Hochstand sitzt und plötzlich ein kapitaler Hirsch in sein Blickfeld tritt. Die Morde hingen tatsächlich zusammen, das war ganz klar, und es sah so aus, als wäre das verbindende Glied der Mann, den er hasste. Er, Messner, kannte nicht viele Hutträger, und schon gar nicht solche, die „um die vierzig" und „fesch" waren. Das Tüpfelchen auf dem „i" wäre zwar der Name gewesen, aber man konnte nicht alles haben. Ohne viel Hoffnung fragte er: „Einen Namen hat Herr Hoffmann wohl nicht genannt, oder? Oder eine Abkürzung, oder einen Spitznamen oder so was?"

„Nein … doch, ja, irgendwas wie ‚Bader' oder ‚Wagner', glaube ich."

Messners Puls ging in die Höhe.

„Kann es vielleicht ‚Gardner' gewesen sein?"

„Könnte schon … Gardner", sagte die Frau nachdenklich. „Ja. Ja, ich glaube, es war ‚Gardner'."

43

Es kam selten vor, dass Lara Weiss ihr Büro einmal vor Arbeitsschluss verließ. Eher später. Manchmal auch viel später. Aber heute hatte sie zu Mittag Schluss gemacht, ein paar Kleinigkeiten an Kolleginnen delegiert und war mit dem Taxi zum Haus von Leo Gardner aufgebrochen. Sie wusste, dass er dort war, um sich von Installateur und Baumeister die neuesten Katastrophenmitteilungen abzuholen. Das, was sie ihm mitzuteilen hatte, wollte sie ihm nicht am Telefon sagen.

„Da möchte ich nämlich dein Gesicht sehen, mein Lieber", sagte sie halblaut vor sich hin und lächelte.

„Soll ich Spiegel besser einstellen?", fragte der Taxifahrer grinsend.

„Bitte?" Sie verstand nicht.

„Damit Sie Gesicht besser sehen, Liebe", erklärte er.

„Ach so“, Lara lachte schallend, und der Fahrer stimmte mit ein. Eine knappe Viertelstunde später waren sie am Ziel.

Leos GT stand vor dem Haus, außerdem der Lieferwagen eines Installateurbetriebes und ein überdimensionierter Mercedes.

Sie fand die Männer im Garten. *Oh nein, mein Lieber, das ist das falsche Outfit*, dachte sie, als sie Leo Gardner sah. Er trug seinen üblichen beigefarbenen Anzug. bzw. Hose, weißes Hemd und Weste, das Sakko hatte er über die Schulter gelegt. *Wenigstens seinen Fedora hat er abgelegt*, ging es Lara durch den Kopf.

Sie hätte ihm sagen können, dass es besser gewesen wäre, den Bauleuten in Jeans und mit aufgekrempelten Ärmeln gegenüberzutreten. Wenn sie einen Anzugträger als Gegenüber hatten, würden sie die Preise schon von vornherein um zwanzig Prozent höher ansetzen. Aber dazu war es jetzt zu spät.

Sie begrüßte die Männer und ließ sich von dem Baumeister mit Blicken ausziehen. Leo, der instinktiv ahnte, dass sie ihm etwas Wichtiges mitzuteilen hatte, beeilte sich, die beiden hinauszukomplimentieren. Drei Minuten später waren sie alleine.

„Ich weiß alles“, eröffnete sie ihm triumphierend.

„Auch das Geheimnis, warum eine Renovierung hier mehr kosten wird, als das ganze Haus wert ist?“

„Das sag' ich dir später. Aber zuerst, warum die Geschwister Fuchs 2004 ihren Namen geändert haben."

„Wirklich!?"

„Weil 2003 ihr Vater gefasst wurde, nachdem er drei Jahre lang mit der Polizei Katz und Maus gespielt hatte. 2004 wurde Maximilian Fuchs wegen mehrfachen Mordes zu lebenslanger Haft im geschlossenen Vollzug verurteilt. Wie viele Menschen er auf dem Gewissen hat, weiß man bis heute nicht genau."

„Was?"

„Ein Serienmörder. Seine Methode war immer dieselbe. Ziemlich brutal. Er hat seinen Opfern einen Sack über den Kopf gezogen und dann mit einem Schlagring ihre Gesichter zertrümmert."

44

Ich habe die Frau vom Leopoldsberg unterschätzt. Total unterschätzt! Das sollte man bei keiner Frau machen, aber bei dieser schon gar nicht. Offenbar ist sie eine Großmeisterin der Recherche. Es kann sein, dass J.J. mir in einer halben Stunde dieselben Informationen hätte zukommen lassen, aber sie war schneller. Wow!

„Wow! Das ist ziemlich professionell. Bravo!“

„Gell?“

„Das heißt, dass der Typ irgendwie freigekommen ist und jetzt ... aber Moment - das sind doch seine Kinder!“ Ich kann die Information noch gar nicht richtig einordnen, muss das erst sacken lassen.

In dem Moment hören wir draußen zwei Autos mit ziemlichem Tempo herankommen und scharf abbremsen. Verdammt! Die Schläger sind zurück. Lara greift in ihre Handtasche, vermutlich will sie wieder ihre Pistole zum Einsatz bringen. Ich schüttle den Kopf, ziehe sie in den Garten.

„Wir sehen uns die erst einmal an", sage ich. „Am Ende des Grundstückes ist eine kleine Gartentür, von dort kommen wir auf einen Spazierweg, der im Bogen wieder nach vorn zur Straße führt. Los!"

Wir sprinten durch den Dschungel, schlüpfen durch die Tür und - prallen gegen zwei Uniformierte, die ihre Dienstwaffen im Anschlag haben.

„Halt! Nehmen Sie die Hände hoch. Sofort! Hände über den Kopf, Hände über den Kopf!" Lara und ich sehen uns an. Was ist das jetzt? Endlich kommen wir der Aufforderung nach und heben die Hände.

„Leopold Gardner?"

„Der bin ich."

„Sie sind vorläufig festgenommen."

Langsam dämmert es mir, dass das kein Zufall und keine Verwechslung ist. Vermutlich sind auch keine Schläger vor dem Haus, sondern noch mehr Polizisten, die erst vorgefahren sind, nachdem diese hier bei der Gartenpforte Stellung bezogen haben. Da hat sich jemand das Gelände sehr gut auf Google Maps angesehen.

Die beiden weisen uns den Weg und dann zieht eine kleine Karawane durch den Garten. Ganz vorne Lara, dahinter ich und dahinter unsere Eskorte mit den Glocks.

Als wir am Haus ankommen, tritt eine altbekannte Gestalt aus der Türe.

„Leopold Gardner, Sie sind vorläufig festgenommen“, wiederholt Messner unnötigerweise. „Ihnen wird der Mord an Peter Hoffmann zur Last gelegt.“

45

Alles nur ein Traum. Es war alles nur ein verdammter, falsche Hoffnung erzeugender Wunschtraum! Mir steigen die Tränen in die Augen. Offenbar habe ich mir ein selbstbestimmtes Leben in Freiheit so sehr gewünscht, dass mein Unterbewusstsein mir im Schlaf eine ganze Welt vorgegaukelt hat. Eine Welt mit alten Freunden, einer faszinierenden Frau, Verbrechen, meiner Tochter, die mich nachts anruft ... Wunderschön. Spannend. Lebenswert.

Aber alles nur ein Traum.

Vor einer Minute bin ich schweißgebadet aufgewacht, und alles ist wie immer. Wie immmer, zumindest in den letzten fünf Jahren. Der Geruch! Ja, schon auch die Gitter vor den Fenstern, schon auch das Stahlrohrbett, schon auch die Enge der Zelle, die massive Tür mit der Durchreiche und dem Guckloch - aber vor allem der Geruch. Entfernt verwandt mit dem Geruch in Kasernen, viel hormonangereicherter Männerschweiß, abgestandene Luft, Großküchendunst, der durchs Gebäude zieht - aber hier sind noch ein paar Duftnoten, die einen die Gefängnisluft nie mehr aus der Nase kriegen lassen: Angst, Hoffnungslosigkeit und manchmal blanker Hass, bis hin zur unmenschlichen Mordlust.

Ich richte mich auf, schüttle den Kopf, will diesen süßen, verführerischen Traum von der Freiheit abschütteln und mich mithilfe der stoischen Philosophie wieder aufrichten und gegen die abgrundtiefe Verzweiflung wappnen, als ich den Schrei höre.

Vielleicht zwei oder drei Zellen weiter, sicher in „unserem" Gang. Eigentlich ist es kein Schrei, vielmehr ist es ein lang gezogenes, gequältes Heulen, anschwellend, wie das Geräusch einer Sirene, jetzt lässt es nach, aber nun zwei, drei, vier kurze hervorgestoßene Schreie, dann einen Moment Stille, dann wieder das grauenvolle Heulen. Kommt denn niemand vom Wachpersonal? Wer kann das überhaupt sein? Martinez vielleicht?

Sicher waren es diese Schreie, die mich mitten in der Nacht aufgeweckt haben. Aufgeweckt aus einem Traum, der so realistisch war, dass er ...

Moment!

Ich springe auf und sehe mich rasch in dem Raum um. Das ist gar nicht meine Zelle!

Und jetzt fällt mir alles wieder ein. Alles! Mit einem Seufzer der Erleichterung, aus tiefstem Herzen, lasse ich mich wieder auf das Bett fallen. Es war kein Traum. Ich bin in Haft, ja, aber nicht mehr wegen des Fehlurteils von vor fünf Jahren. Die ist tatsächlich Vergangenheit und ich bin rehabilitiert. In der jetzigen Haft bin ich erst seit gestern und, davon kann ich ausgehen - nur kurz. Aber auch diesmal war es Major Lorenz Messner, der mich ins Gefängnis brachte. Und wieder zu Unrecht.

Als er mich gestern in Anwesenheit von Lara Weiss und einem halben Dutzend Polizisten verhaftet hatte, dachte ich zuerst an einen schlechten Scherz. Vermutlich hatte sich Peter Hoffmann über mich beschwert und Messner spielte Rambo und wollte mir einen Denkzettel verpassen. Aber eine Stunde später, im Verhörraum Nr. 2 des LKA Wien, hatte er mir ein paar Fotos hingeworfen, die mich schnell überzeugt hatten. Hoffmann war tot. Ermordet nach demselben Muster wie seine Schwester, die ich unter dem Namen Marielle Becker gekannt hatte, und wie Carolina Lupo, von der ich immer noch zu wenig wusste.

„Hören Sie, Messner“, hatte ich gesagt. „Ich weiß, dass Sie mich hassen, und ich weiß auch, dass Sie mich gerne wegsperren wollen, um nicht an Ihre stümperhafte Ermittlung von vor fünf Jahren erinnert zu werden, aber …“

„Nein, hören Sie, Gardner“, hatte er gezischt, „diesen alten Fall werden wir unter neuen Gesichtspunkten neu aufrollen, dann werden wir ja sehen, ob nicht doch etwas dran ist, aber was viel wichtiger ist - diesmal ist es eindeutig, diesmal ist alles glasklar, diesmal gibt es Zeugen, die Sie gesehen haben, die den Streit mit Hoffmann gehört haben, die Zeugen des Rauswurfs sind, um es kurz zu machen, Gardner, Sie sind im Arsch!" Sein sonst so verkniffenes, manchmal richtig böses Gesicht hatte sich nach diesem Einwurf entspannt. Er hatte gegrinst und richtiggehend gelöst gewirkt. Ich hatte eine Weile geschwiegen und mich dann entschlossen, ihn einzuweihen.

„Okay", hatte ich gesagt. „Ich will unklug sein, und meine Karten auf den Tisch legen. Ich bin nicht so darauf versessen, den Fall alleine aufzuklären, mir ist egal, wer den Täter schnappt, wer ihn überführt. Deshalb werde ich Ihnen sagen, was ich weiß."

„Ich bin gespannt, Gardner."

„Marielle Becker hieß vor ihrer Hochzeit Steiner und davor Fuchs. Peter Hoffmann hieß früher ebenfalls Fuchs und ist ihr Bruder. Und jetzt halten Sie sich fest: Die beiden haben ihre Namen geändert, weil sie die Kinder eines verurteilten Serienmörders sind: Maximilian Fuchs. Und der hat seinen Opfern Säcke über die Köpfe gezogen, bevor er ihnen mit einem Schlagring das Gesicht zertrümmerte. Er ist zurück und läuft Amok! Was sagen Sie jetzt? Überprüfen Sie's!"

Ich hatte mich zurückgelehnt und seine Reaktion beobachtet. Selbst einem aufgeblasenen Volltrottel wie Messner musste jetzt etwas dämmern. Ich weiß nicht, was ich genau erwartet hatte, aber sicher nicht das, was dann gekommen war. Messner hatte aus vollem Hals gelacht. Eine ganze Minute lang. Dann hatte er sich über den Tisch gebeugt und Folgendes gesagt:

„Glauben Sie, wir sind auf der Nudelsuppe dahergeschwommen, Sie Schlaumeier? Glauben Sie, wir haben das nicht auch herausbekommen? Halten Sie uns für komplett unfähig? Sicher tun Sie das! Aber ich kann Ihnen versichern - das sind wir nicht. Die wahre Identität von Marielle Becker kennen wir seit drei Tagen und die von Peter Hoffmann seit - na, sagen wir anderthalb Stunden. Aber jetzt kommt's, Sie Amateur. Natürlich haben wir Maximilian Fuchs überprüft. Und wissen Sie was? Er sitzt. Sitzt und ist immer gesessen! Sitzt wie seit Jahr und Tag! Und Sie ab sofort auch!“

46

Lara Weiss fühlte sich nicht wohl. Das hatte mehrere Gründe. Zum einen war sie eine Frau, die Probleme gerne proaktiv anpackte, und momentan fühlte sie sich eher als Beifahrerin. Zum anderen war sie eine Frau, die wunderbar mit anderen Frauen auskam - wenn es eine Begegnung auf Augenhöhe war. In den noblen Räumen der TP-Consulting hingegen gab es nur ein Alphatier, und das war die Chefin selbst.

„Leo, hast du einen Anwalt? Wie kann ich den erreichen? Oder soll ich einen über meine Firma engagieren?", hatte Lara gerufen, als Messner zwei Uniformierten den Wink gegeben hatte und Leo Gardner in Handschellen abgeführt worden war.

„Ruf J.J. an! Er ist ja mittlerweile in meinem Handy eingespeichert. Er weiß, wen er anrufen kann. Mach' dir keine Sorgen, ich bin bald wieder da. Aber ruf J.J. trotzdem an." Dann waren die Polizeiwagen davongefahren und Lara Weiss war alleine vor dem Haus am

Jungherrnsteig gestanden. Das konnte doch alles nicht wahr sein! Eine ganz Weile war sie wie gelähmt stehen geblieben, hatte sich nicht bewegt und auch keinen klaren Gedanken fassen können. Aber „eine ganze Weile" bedeutet im Fall einer tatkräftigen Frau wie Lara Weiss, die schon in der Schule nie lange still sitzen hatte können, maximal zwei Minuten. Dann war sie aktiv geworden.

Tatjana Petrova beobachtete die Frau vor ihr mit Katzenaugen. Das fiel ihr nicht schwer, ihre hohen Backenknochen unterstützten das Zusammenziehen der Lider auf natürliche Weise. Das war also die Frau, für die sich Leo Gardner interessierte. Genug interessierte, dass er sie in die Ermittlungen dieses Falles mit einbezog. Aber auch die Frau, der er offenbar misstraute, sonst hätte er nicht sie, Tatjana, gebeten, etwas über diese Lara Weiss herauszufinden. Und die Leute der Petrova hatten etwas herausgefunden. Noch nicht viel, aber genug, um weiterzubohren. Und die Petrova war sich sicher, dass da noch etwas mehr herauskommen würde. Aber ob das Leo Gardner auch gefallen würde, dessen war sich die Petrova nicht sicher.

„Sie müssen ihn laufen lassen, das ist klar", sagte der einzige Mann in der Runde. Johann Joseph Urban, genannt J.J., fühlte sich auch nicht wohl. Die Spannung zwischen den beiden Frauen war fast greifbar. Außerdem war er keineswegs sicher, dass die Polizei Leo laufen lassen musste.

„Er war an beiden Tatorten, zurzeit ist er damit der einzig greifbare Verdächtige", entgegnete die Petrova sachlich. „Natürlich werden sie ihn früher oder später wieder freilassen müssen, aber bis dahin kann einige Zeit vergehen."

„Und der Mörder womöglich wieder zuschlagen", ergänzte Lara.

„Ja, außerdem kann Messner ihm die weiteren Ermittlungen versauen", knurrte J.J. „Wenn er ihn überwachen lässt, zum Beispiel."

„Hat er schon einen Anwalt?", wollte die Petrova wissen.

J.J. räusperte sich. „Auch deshalb sind wir zu dir gekommen, Tatjana. Ich kenne natürlich zwei, drei Strafverteidiger, die Mittelklasse sind, beziehungsweise ist einer richtig gut, aber ich dachte, dass du welche in der Hinterhand hast, die in einer ganz anderen Liga spielen."

„Stimmt. Die meisten sind allerdings Spezialisten für Wirtschaftsangelegenheiten. Internationales Recht. Aber es stimmt, ich habe auch Kontakt zu einem Spitzenmann für Strafrecht."

„Aber der ist preislich auch in der Oberliga", vermutete Lara.

„Das ist nicht der Punkt", wehrte die Petrova ab, „Geld ist hier nicht das Problem. Die Frage ist nur: Wenn wir schwere Geschütze auffahren, dann wird sich die Staatsanwaltschaft fragen warum. Wenn Leo Gardner unschuldig ist, warum boxt ihn dann eine derartige Größe heraus?“

„Aber er ist unschuldig!“, rief Lara ungeduldig.

„Davon bin ich überzeugt. Ich versuche nur, wie ein Staatsanwalt zu denken. Oder wie ein misstrauischer Ermittlungsleiter.“

„Du meinst also, dass es besser wäre, ihm einen mittelmäßigen Anwalt zu schicken?“, fragte J.J.

„Ja.“

„Aber es kann dauern, bis der ihn freibekommt. Was ist, wenn Leo in der Untersuchungshaft etwas passiert? Es würde mich nicht wundern, wenn Alessandro Lupo auch dort seine Kontakte hat.“ Lara bemühte sich, nicht allzu besorgt zu klingen. „Ich meine, der hat doch seinen Schlägertrupp nicht umsonst geschickt.“

Die Petrova nickte. J.J. und Lara hatten ihr zu Beginn des Treffens eine Zusammenfassung der Geschehnisse der letzten Tage gegeben.

„Was genau Alessandro damit zu tun hat und wie er in Zukunft vorgehen wird, das werden wir herausfinden. Und wegen Leos Sicherheit in Haft …“, die Petrova brach ab und wandte sich dem Mann zu, der wie auf ein geheimes Kommando durch die Tür kam.

Laras Nackenhärchen stellten sich auf. Dann folgte Gänsehaut und ein unbestimmtes Kribbeln im Bauch. Ihr Fluchtinstinkt schlug zu. Es war weder Abscheu noch wirkliche Angst, aber eine sehr starke körperliche Reaktion. Der Mann erinnerte sie an einen Filmhelden, dessen Name ihr nicht einfiel. Er verbeugte sich in J.J.s Richtung, dann in ihre und dann trat er nahe an die sitzende Tatjana Petrova heran. Sehr nahe, wie Lara bemerkte.

„Lazlo, die Herrschaften machen sich Sorgen um Leo Gardner. Wir haben gestern über ihn geredet. Wie sieht es aus? Kannst du sie beruhigen?"

„Sie können ganz ruhig sein", antwortete der junge Mann und wendete sich ihnen lächelnd zu, „Auch wenn er es nicht weiß und vielleicht nicht einmal bemerkt: Er hat zwei Freunde dort, die gut auf sein Leben aufpassen werden."

47

Messner lehnte entspannt am Fensterbrett und betrachtete mit schräg gelegtem Kopf die Staatsanwältin. Seine Daumen hatte er in den Gürtel gehakt, was ihm in seinen Augen etwas Cowboyhaftes, aber auch gleichzeitig Lächerliches verlieh. Er wusste, dass Dr. Erika Wolf auf Machos stand. Die Buschtrommeln im LKA hatten es schon bald nach ihrem Dienstantritt verkündet. Angeblich waren die Kollegen Schuh und Klausner bereits erfolgreich in Nahkämpfe mit der attraktiven Brünetten verwickelt gewesen. Warum also sollte nicht der nächste Intimbetreuer Lorenz Messner heißen? Sicher, beide Kollegen waren um gut zehn Jahre jünger als er und außerdem ziemlich erfolgreich. Aber, zum Teufel, erfolgreich war er auch. Der ganze Wirbel um die schiefgelaufene Ermittlung, die ungerechtfertigte Haft Gardners und die von den Medien aufgebauschte Entlassung und Rehabilitierung würde schnell in Vergessenheit geraten, weil er, Messner, den

Kerl als Serienkiller überführt hatte. Das heißt - vermutlich nicht als Serienkiller, sondern als eine Art Trittbrettfahrer, Nachahmungstäter, dem es nur darum gegangen war, der Polizei eine lange Nase zu machen, und ihm, Messner, im Speziellen. Wie auch immer - er würde die Staatsanwältin beeindrucken. Zuerst beeindrucken - dann flachlegen.

„Ich fasse zusammen, Herr Major. Sie sagen, dass Gardner den Mord an Marielle Becker zum Anlass genommen hat, einen perfiden Racheplan gegen den österreichischen Staat, die Justiz, die Polizei zu schmieden. Nach seiner Verhaftung haben Sie ihn verhört, war er geständig?"

„Nein. Aber das hätte mich bei Gardner auch gewundert. Das ist ein gerissener Bursche, er hat beim BVT natürlich auch genug Verhöre von der anderen Seite des Tisches geführt und kennt alle Tricks. Ein Geständnis werden Sie von dem nie bekommen."

Er gab seine lehnende Haltung auf und stand jetzt breitbeinig da, wie zum Duell. Der imposante Anblick wurde nur durch seinen Wohlstandsbauch gestört. Außerdem begann sich die Allergie wieder zu melden, er spürte das Kitzeln in der Nase. In wenigen Minuten würde sie wieder zu laufen beginnen.

„Das Um und Auf für eine unumstößliche Beweisführung werden die DNA-Untersuchungen sein", erklärte die Staatsanwältin und beugte sich über die Unterlagen auf ihrem Schreibtisch, wodurch der stehende

Messner einen inspirierenden Einblick in ihre Bluse bekam. *Das macht sie absichtlich*, dachte er. *Ich bin auf dem richtigen Weg.*

„Er war am Tatort in der Hofburg, er war in der Wohnung von Hoffmann, wir werden genug DNA haben, um vor Gericht zu überzeugen", gab der Major selbstbewusst zurück.

„Und die Untersuchungshaft ist gerechtfertigt?", fragte die Staatsanwältin.

„Er hat zwei Morde auf dem Gewissen!", rief der Major aus. „Und ich wette, dass er Drahtzieher des ersten war. Morde, die an Brutalität kaum zu überbieten sind. Das ist ein Irrer, verstehen Sie? Wenn hier nicht Flucht- und Verdunkelungsgefahr besteht, dann besteht sie nirgends! Genau genommen gehört er in eine geschlossene Abteilung."

Zur gleichen Zeit las Alessandro Lupo einen internen Polizeibericht, der ihm von einem LKA-Mann zugespielt worden war. Dieser stand schon seit geraumer Zeit auf der inoffiziellen Lohnliste von Lupo. In Zeiten wie diesen waren Informationen Gold wert und jede Organisation, die es sich leisten konnte, hatte in den Schlüsselressorts Leute, die mit ihrem Beamtengehalt nicht zufrieden waren, um an diese Informationen ranzukommen. Nach Beendigung seiner Lektüre holte der Italiener das dritte Handy aus der Lade.

„Wer meine Leute zusammenschlägt, braucht einen Denkzettel. Und wenn dieser Jemand tatsächlich meine Frau auf dem Gewissen hat, kann es eigentlich nur eine Lösung geben“, sagte er ins Telefon, kaum dass sich der Angerufene gemeldet hatte. Wie immer vermied er es, Namen zu nennen oder einen konkreten Befehl zu geben.

„Ja. Ich verstehe. Wir kümmern uns darum. Sobald wir Gelegenheit dazu haben.“

„Die habt ihr jetzt! Die Gelegenheit könnte nicht besser sein. Da, wo er jetzt ist, passieren viele ... schreckliche Dinge. Sorg dafür, dass jemand von uns dort sein wird.“

„Ach so, das wird ein bisschen schwierig, weil ...“

„Ich brauche das nicht!“, wurde Lupo laut. „Ich brauche keine Schwierigkeiten, ich brauche jemand, der Schwierigkeiten wegmacht. Bezahle ich dir nicht genug?“

„Doch. Natürlich. Genug.“

„Also! Gibt es Schwierigkeiten?“

„Nein, nein. Keine Schwierigkeiten. Absolut keine!“

„Gut. Ich warte. Aber nicht lange! Wie lange?“

„Ein, zwei Tage. Maximal drei.“

„Zwei! Maximal!“

Alessandro Lupo unterbrach die Verbindung und warf das Handy zurück in die Lade.

„Leo Gardner“, sagte er dann leise vor sich hin. „Du dummer Mann.“ Und nach einer kleinen Pause: „Leo Gardner - du toter Mann.“

48

Als sie sich zum gefühlt tausendsten Mal umdrehte, läutete ihr Handy.

Lara Weiss war nicht der Typ Mensch, der an Schlafstörungen litt. Normalerweise gestaltete sie ihren Tag so, dass sie am Abend todmüde ins Bett fiel und bis zum Wecksignal in bleiernen Schlaf versank. Heute war das anders gewesen. Zu viele Dinge waren ihr durch den Kopf gegangen.

Die Sorge um Leo Gardners Sicherheit hinter Gittern war zwar durch den jugendlichen Liebhaber der Russin halbwegs zerstreut worden, aber dass der offenbar irre Mörder dreier Menschen immer noch frei herumlief, machte ihr Angst. Daran konnten auch die Alarmanlage und die Pistole unter ihrem Kopfkissen nichts ändern. Üblicherweise schaltet niemand die Alarmanlage scharf, wenn er ohnehin zu Hause ist.

Lara Weiss schon.

Natürlich nur im Erdgeschoss, während ihr Schlafzimmer im ersten Stock des Häuschens lag, das sie seit dem Tod ihres Vaters alleine bewohnte. Schließlich wollte sie ja nicht Alarm auslösen, wenn sie nachts schlaftrunken aufs Klo tappte.

Ihr Sicherheitsbedürfnis war allerdings schon etwas älter als die Mordserie und hatte Gründe, die sie nicht einmal ihrer besten Freundin anvertrauen würde. „My home is my castle", wie sie sich immer wieder sagte.

Dennoch: Die Tatsache, dass der Serienmörder frei war, gefiel ihr nicht. Und obwohl sie davon überzeugt war, dass Leo Gardner kein verrückter Killer sein konnte, blieb doch eine Tatsache, die sich nicht wegleugnen ließ: Die Morde hatten einen Zusammenhang und Leo spielte dabei eine Rolle.

Sie tastete im Dunkeln nach dem Handy und warf dann einen Blick auf das Display. Anonym. Sie drückte auf „Ablehnen", legte das Telefon zurück und drehte sich weg. Sie hatte ein Prinzip, das sie sogar in der Firma eisern durchsetzte. Telefonate mit Rufnummernunterdrückung wurden nicht angenommen.

Jetzt wollte der Schlaf natürlich erst recht nicht kommen. Stattdessen ging sie wieder die Morde durch. Drei Leute. Drei Leute, die schon etwas miteinander zu tun hatten, aber irgendetwas passte nicht. Es war keine richtige Serie, oder etwa doch? Üblicherweise blieben Serientäter doch auf ein Geschlecht fixiert. In diesem Fall jedoch war ein Mann das neueste Opfer gewesen. Zwei Verwandte, Bruder und Schwester, aber mitten drunter ein Opfer, das nicht zur Familie gehörte. Blieb immer noch Alessandro Lupo: *Seine Geliebte konfrontiert ihn mit der Schwangerschaft, er fürchtet um seine Ehe oder die Rache der mächtigen „Familien" seiner Frau und tötet die Becker, seine Frau ist allerdings schon dahintergekommen, droht ihm, mit dem Ehebruch zum Oberpaten zu gehen, er sieht seine Chance, sie zu beseitigen, indem er sie nämlich nach dem gleichen Muster umbringt oder umbringen lässt, somit ist sie für ihre „Familie" einem Verrückten zum Opfer gefallen. Die Becker hat vielleicht vor ihrem Tod dem Bruder alles erzählt, er stellt Lupo zur Rede, es kommt zum Streit, Lupo beseitigt ihn - zur Tarnung wieder im Serienmördermuster. So war es,* beschloss Lara ihre gedankliche Aufklärungsarbeit.

Erneut meldete sich das Handy.

Augenblicklich spürte Lara ihre Eingeweide. Sie zogen sich zusammen, sie begann zu schwitzen und ihr Atem beschleunigte sich. Ein Spinner, der mitten in der Nacht wahllos Nummern anruft, wählt die nächste, wenn ein Gespräch erst gar nicht angenommen wird. Wenn er hingegen den Anruf wiederholt, dann kennt er sein Ziel, dann ruft er ganz bewusst eine Person an. Alle Menschen, die Lara kannte, alle Menschen, die ihr nahestanden, alle, die sie nachts anrufen würden - waren mit Namen in ihrem Telefon eingespeichert und niemand davon hätte seine Nummer unterdrückt. Nach einem Blick auf das Display drückte sie das

Gespräch weg. Dann sprang sie auf, lief zum Fenster und sah hinunter in den winzigen dunklen Garten.

Nichts.

Sie legte sich wieder hin.

Kurz überlegte sie, das Handy auszuschalten, aber dann verwarf sie den Gedanken wieder. Was wäre, wenn sie es ausschaltete und ein wichtiger Anruf käme rein. Von J.J., oder der Russin, bezüglich Leo. Bei ihrem gestrigen Treffen hatten sie alle ihre Handynummern getauscht und eingespeichert.

Mach' dich nicht verrückt, Lara Weiss, befahl sie sich. *Die Alarmanlage ist an, du hast eine geladene Pistole und das nächste Wachzimmer der Polizei ist keine drei Minuten von hier entfernt. Und die Anrufe stammen sicher nur von einem armen Perversen, der mich fragt, ob ich weiß, was seine rechte Hand gerade macht. Wenn er es noch mal versucht, sollte ich abheben und sagen, dass ich es genau weiß, weil ich eine Undercover-Agentin der geheimen Onaniepolizei bin, in seinem Kasten sitze und ihn schon seit Stunden beobachte.* Jetzt musste Lara lächeln und dadurch entspannte sie sich ein wenig.

Das Handy läutete.

Ich tu's. Ich packe den Stier bei den Hörnern, dachte sie und nahm das Gespräch an.

„Hören Sie, ich weiß nicht, was in Ihrer Kindheit schiefgelaufen ist und wofür Sie Ihre Mutter bestrafen wollen, aber ich kann Ihnen versichern, ich bin nicht wie Ihre Mutter. Ich sehe auch gar nicht so aus. Ich habe faulige Zähne, mir fehlt ein Auge und da ist auch noch dieser nässende Ausschlag auf meinen Brüsten, der einfach nicht weggeht. Außerdem habe ich ständig weißen Ausfluss und bin außergewöhnlich fett. So. Sie sehen also …“

„Lara? Hier ist Leo.“

49

Habe ich schon erwähnt, dass es die Nächte sind, die einen kaputtmachen können? Sie haben recht, ich wiederhole mich, aber die Nächte machen einen wirklich fertig.

Tagsüber ist das Gehirn auch im Gefängnis ausreichend beschäftigt. Zeitliche Fixpunkte, Routinetätigkeiten, harmlose Pöbeleien, echte Gefahren, Pläne, Gespräche mit einem von J.J. organisierten Verteidiger, was auch immer. Irgendwie ist man doch ständig aktiv. In der Nacht aber ...

Schändlich ist es, wenn deine Seele ermüdet, bevor der Leib müde ist. Deshalb arbeiten die Männer hinter Gittern auch wie verrückt daran, den Leib müde zu bekommen. Sie trainieren wie die Besessenen. Natürlich auch, um als Muskelpaket aggressiven Mitgefangenen einen gewissen Respekt einzuflößen. Die Hackordnung im Gefängnis ist strenger als anderswo und wird mit allen Mitteln verteidigt.

Neuzugänge werden in der Regel gleich von Anfang an an ihren Platz verwiesen. Und der ist, wenn es sich nicht um einen in diesen Kreisen „prominenten“ Namen oder eine fleischgewordene Kampfmaschine handelt, ganz, ganz unten.

Wer sich nicht für die Dauer seines Aufenthaltes als dauerdrangsalierte Witzfigur mit seinem Schicksal abfinden will, muss sich vom ersten Moment an Respekt verschaffen. Auch wenn es wehtut. Und das meine ich nicht im übertragenen Sinn.

Ich habe gestern also schon Bekanntschaft mit den Leithammeln und ihren Prügelknechten gemacht. Es ist besser, sich gleich am ersten Tag seine Blessuren abzuholen. Ich bin kein schlechter Kämpfer, aber sie sind immer in der Überzahl und die meisten haben nichts zu verlieren. Tatsächlich wurde ich dann auf der Krankenstation recht gut zusammengeflickt. Eines ist mir aufgefallen. Gerade als sie mich so richtig in der Mangel hatten, kam mir unerwartet ein Mann zur Hilfe, der nur halb so groß wie die Schläger war. Ich habe keine Ahnung, was er zu ihnen gesagt hat, es wirkte jedenfalls. Sie ließen von mir ab und ich schleppte mich zum nächsten Beamten.

Jetzt liege ich wach und denke über Lara nach. Sie hat versucht, es mir auszureden, dann aber doch versprochen, J.J. und Tatjana einzuweihen und um Hilfe zu bitten. Die Idee ist mir schon gestern gekommen. Heute Nacht hat der Plan Gestalt angenommen. Im Grunde ist es ganz einfach. Das heißt, der erste Teil ist einfach, der zweite etwas schwieriger.

Apropos schwierig. Seien Sie bitte nicht naiv und glauben Sie, nur weil es verboten ist, gäbe es in den Justizanstalten des Landes keine Möglichkeit, an Handys oder Internet heranzukommen. Hunderte Geräte werden jedes Jahr in jedes Gefängnis hineingeschmuggelt, und wenn die Beamten eines konfiszieren, kommt am nächsten Tag das neuere Modell nach. Es ist alles nur eine Frage des Geldes. Früher war die anerkannte Währung hinter Gittern Zigaretten, heute ist es einfach Geld. Letztendlich ist das auch gesünder. Dementsprechend hat mir J.J.s Anwalt auch eine anständige Summe zugesteckt, die ich dann wiederum bei der Durchleuchtung durchgeschmuggelt habe. Zwanzig Euro davon haben mich die knappen fünf Minuten des Lara-Telefonates gekostet.

„Dafür ist die Nummer nicht registriert, verstehst du?“, wie mir der Handyvermieter erklärte. „Und wenn du was anderes brauchst, ein Notebook für eine Nacht, mit Internet und alles, sagst du es mir, verstehst du? Ich habe die besten Preise und alles. Und da kommt dir keiner drauf. Die anderen sind alles Arschlöcher, aber bei mir passt alles. Du kannst die ganze Nacht Porno schauen oder im Darknet surfen, alles ... Verstehst du?“

Ich habe verstanden. Der Informationstechnologieanbieter meiner Wahl war gefunden. Die zukünftigen Preise würde ich noch nachverhandeln müssen.

Ich liege da und warte auf den Morgen. Ich habe keine Ahnung, wie die einzelnen Morde zusammenhängen, aber ich weiß, dass alles mit einem Serienmörder zusammenhängt, der seit mehr als zehn Jahren in der Justizanstalt Göllersdorf sitzt. In Göllersdorf steht das ehemalige Schloss der Grafen Schönborn. Diese haben sich vor gut dreihundert Jahren ein neues Schloss etwas außerhalb der Ortschaft errichten lassen. Das alte Gebäude wurde später zu einem Gefängnis umgebaut. Heute ist es eine Anstalt für sogenannte „geistig abnorme Rechtsbrecher". Dort ist Maximilian Fuchs eingesperrt. Dort muss ich hin.

50

Lara wusste nicht, was sie tun sollte. Das kam nicht oft vor. Sie war aber auch noch nie in einer solchen Situation gewesen. Am Morgen nach Leos Anruf hatte sie zunächst J.J. angerufen und ihn über Leos Plan informiert, sich in einen absolut Irren zu verwandeln.

„Was soll das heißen?“, hatte J.J. verständnislos gefragt.

„Das soll heißen, dass er sich derartig aufführen wird, dass man ihn nicht mehr in der Untersuchungshaft lassen kann, weil er dort eine Gefahr für die Mithäftlinge darstellt“, hatte Lara erklärt.

„Und wozu?“

„Damit er in eine geschlossene Anstalt verlegt wird. Und da kommst du ins Spiel, vielmehr deine Kontakte. Sie sollen dafür sorgen, dass er dort landet, wo Fuchs ist.“

„Maximilian Fuchs? Der Serienmörder?“

„Genau der. Leo will mit ihm reden. Er hofft, einen entscheidenden Hinweis zu erhalten."

J.J. hatte eine Weile geschwiegen. „Der Idiot", hatte er dann gemurmelt. „Zeigt immer auf, wenn Probleme verteilt werden." Dann hatte er versprochen, sein Möglichstes zu tun, und aufgelegt.

Aber das war leider nur ein Teil von Leos Plan gewesen. Der zweite Teil stellte Lara vor noch größere Probleme. Sie brauchte dazu die Hilfe der Petrova und mit der war sie noch immer nicht recht warm geworden. Trotzdem wählte sie die Nummer.

„Wie geht es unserem Helden?", fragte die Russin statt einer Begrüßung. Sie hatte Lara also namentlich ins Handy eingespeichert und wusste natürlich, dass Laras Anruf nur einen Grund haben konnte.

„Noch geht es ihm gut, aber er sucht Schwierigkeiten und wie ich ihn kenne, wird er auch welche finden", erklärte Lara. Dann erzählte sie vom Plan.

„Dieser Narr! Dorthin können ihn seine Schutzengel nicht begleiten", sagte die Petrova bestürzt. „Wie soll ich ihm da helfen?"

„Es geht darum, dass er mich gebeten hat, mich bei Alessandro Lupo umzusehen. Er hofft, dass ich in Lupos Wohnung irgendeinen Beweis finde. Aber diese Wohnung ist im Komplex der italienischen Botschaft und ... na ja, ich bin keine sehr geübte Einbrecherin."

„Ich verstehe." Dann herrschte Schweigen in der Leitung. Schließlich fragte die Petrova: „Wonach soll gesucht werden?"

„Ehrlich gesagt", meinte Lara, „weiß ich das selber nicht so genau. Einen Hinweis, wie Lupo in die Sache verwickelt ist, oder ..."

„Na schön", sagte die Russin. „Ich will sehen, wie ich dem Verrückten helfen kann." Ohne ein weiteres Wort legte sie auf.

51

Wissen Sie, ich habe nie zu denen gehört, die unbedingt in einem Schloss wohnen wollten. Und in diesem schon gar nicht. Vor ein paar Jahren hat ein Geistesgestörter hier eine Psychologin umgebracht. Seither ist Sicherheit in Göllersdorf oberstes Gebot. Das wiederum heißt, dass es für Insassen nahezu unmöglich ist, irgendetwas unbemerkt zu tun.

Trotzdem habe ich einen Weg gefunden, mit Maximilian Fuchs zu reden. Zwar nicht unbeobachtet, weil überall Kameras sind und das Wachpersonal allgegenwärtig scheint - aber immerhin, ohne dass uns jemand hören kann. Ich habe mich von Fuchs sozusagen finden lassen. In allen Anstalten funktionieren die Buschtrommeln auf die eine oder andere Weise und es war mir klar, dass er den vermeintlichen Serienmörder kennenlernen wollte, der seine Methode imitierte. Die wahre Identität der Opfer war ihm allerdings nicht bekannt. Die Polizei hatte zum Glück nichts an die Presse weitergegeben.

Es ist eine Art Hofrundgang, den wir unter den wachsamen Augen von Pflegern und Justizbeamten machen. Ich gehe relativ schnell, mit gesenktem Kopf und überhole immer wieder andere Insassen. Nach der zweiten Runde passt einer sein Tempo an meines an und sagt halblaut: „Du bist also der Hofburgmörder." Ich zucke die Schultern und antworte: „Wenn das die Zeitungen schreiben, wird es wohl so sein." Während des Gehens beobachte ich den Typ aus den Augenwinkeln.

Ich weiß nicht, was ich erwartet habe. Sicher keinen zähnefletschenden Irren, der vor sich hin brüllt: „Ich will Blut saufen!" Aber irgendwie hätte ich mir einen Mehrfachmörder, der seinen Opfern das Gesicht zertrümmert, doch imposanter vorgestellt. Der Mann ist keine eins siebzig, dünn, um nicht zu sagen, dürr, trägt eine Brille und hat eine Stirnglatze. Er sieht aus wie ein Buchhalter in einer amerikanischen Komödie von Woody Allen. Eigentlich sieht er aus wie Woody Allen selbst.

„Weißt du, wer ich bin?"

„Du bist Fuchs."

„Ja, ich bin der Fuchs. Der Fuchs, der sie alle an der Nase herumgeführt hat. Acht Jahre lang, fast neun sogar. Eigentlich war es nur ein blöder Zufall, dass sie mich geschnappt haben. Der Fuchs war zu schlau für sie alle." Er ist stolz auf das, was er getan hat.

„Ja." Was soll ich auch sonst sagen?

„Und du? Du hast es mir nachgemacht. Das ist interessant. Warum? Bist du ein Fan?“

Ein Fan? Obwohl ich keine sehr sensible Natur bin, bekomme ich Gänsehaut.

„Na ja, ich ... Es hat mich ... Also, irgendwie habe ich das ... passend gefunden.“

„Passend?“ Er denkt nach. „Vielleicht hast du recht, manchmal suchst du gar nicht nach einer Methode - also findest du sie auch nicht - bis sie dich findet. Das ist dann Bestimmung. Verstehst du?“

„Ehrlich gesagt - nein.“

„Es gibt Dinge, die sind so, wie sie sind. Eine Blume ist eine Blume, sie ist dazu da, um schön zu sein, um zu duften. Ein Pferd ist ein Pferd. Es ist dazu da, um zu grasen, um geritten zu werden, oder Lasten zu ziehen, ein ...“

„Du meinst, du bist bestimmt dazu, Menschen zu töten?“ Ich muss das fragen, auch wenn er vielleicht jetzt zumachen wird. Aber das Gegenteil tritt ein. Er lebt auf.

„Genau. Jetzt hast du es. Und du bist auch dazu bestimmt. So was liegt in den Genen! Es gibt ein ganz bestimmtes - ich nenne es das Mörder-Gen -, das dafür verantwortlich ist. Das sind keine Hirngespinnste, das ist wissenschaftlich bewiesen.“

„Ein Mörder-Gen, meinst du?“

„Du kannst es glauben oder nicht. Ich habe diese Diskussion schon tausendmal geführt. Du kannst das nachlesen oder aber, du nimmst mich. Ich bin der lebende Beweis. Mein Vater ist der tote Beweis. Und irgendwann werden meine Kinder auch den Beweis dafür erbringen."

Ich gehe nicht auf die Erwähnung seiner Kinder ein, auch wenn ich das Gefühl habe, dass er mir den entscheidenden Hinweis gegeben hat. Sie werden nicht wissen, wie das ist, weil Sie so selten Verbrechern hinterherjagen. Sie wissen nicht, wenn das Bauchgefühl Alarm schlägt. Der Kopf hat noch keinen Plan davon, hat keinen Dunst, was die Lösung des Falles ist, aber das Bauchgefühl hat den Fall schon abgehakt. Seine Kinder. Ich darf da noch nicht einhaken, brüllt mich mein Bauchgefühl an. Noch nicht! Stattdessen frage ich ihn: „Was meinst du damit, dein Vater ist der tote Beweis?"

„Ich war im zweiten Jahr meiner - Phase. Ich war verzweifelt, weil ich gegen diese Lust ankämpfte und sie nicht einordnen konnte. Mein Vater war gestorben und ich verkaufte mein Elternhaus. Beim Ausräumen entdeckte ich auf dem Dachboden eine Schachtel. Eine Schachtel mit alten Zeitungsausschnitten. Zeitungsausschnitte über Morde. Unaufgeklärte, wie ich später herausgefunden habe. Alle diese Zeitungsausschnitte waren durchnummeriert. Das fand ich seltsam. Aber bei den Dokumenten meines Vaters fand ich eine Liste. Völlig harmlos, wenn man sie für sich betrachtete. Es ging so in der Tour: 1. Elfriede, schöner Maitag, leichter Westwind, Geruch von Flieder. 2. Bernadette, feiner Regen auf der Haut, fernes Donnergrollen, erhebendes Gefühl. 3. Barbara, ein Sturm, ein wahrer Kampf, Frieden in mir. Und so weiter. Es hätten auch die Aufzeichnungen eines notorischen Fremdgehers sein können. Aber ich habe die Liste mit den Zeitungsausschnitten verglichen - er war es. Er hat sie alle umgebracht. Mein Vater war ein Serienmörder, ein schlauer Fuchs, wie ich. Nur dass kein blöder Zufall zu seiner Verhaftung geführt hat. Bis zu seinem Tod hat niemand etwas geahnt. Verstehst du jetzt? Es liegt in den Genen. Meine Kinder ahnen es nicht, aber auch sie sind geboren, um zu töten."

Er lächelt selig. Ich habe genug.

„Deine Kinder", sage ich, „sind tot."

52

Der Mann war unglücklich mit seinem Job. Außerdem war er im Stress und hatte wahrscheinlich viel zu wenig geschlafen. Vielleicht war er aber auch von Natur aus schlecht gelaunt.

„Gut, ich gehe wieder, ich sage diese meine Chef, gut, diese andere Chef braucht keine Messung. Gut. Macht nix, ist eh warm, oder? Ja? Warm genug, jetzt kommt ganze Sommer, dann Herbst, alles gut. Dann Winter, andere Chef dreht auf Heizung, ja? Aber Heizung nicht gut, wenn diese - wie heißt? - diese Gas kommt, dann Sensor sagt: Nein! Nix gut! Verstehst du?"

„Ja. Ich bin ja nicht blöd. Ich weiß, was eine Abgasmessung ist, und ich weiß auch, dass wir die immer von eurer Firma machen lassen, aber das hier ist eine Botschaft und das heißt, es gibt gewisse Sicherheitsvorschriften, wenn ich nicht schriftlich ..."

„Ja. Botschaft. Gut. Sicherheit. Ja, ich weiß, du musst Sicherheit machen, damit. Was glaubst du? Habe ich

Bombe? Schaust du! Wo Bombe? Ah! Jetzt ich weiß! Ist in meine Arsch! Gut. Willst du schauen in meine Arsch? Bitte sehr, bitte sehr, kannst du gleich jetzt schaue, kannst du ganz genau schaue ..."

Gesicht und Hals des Cholerikers hatten sich vor Zorn dunkelrot verfärbt, als hätte der Chef der Security ihn tatsächlich aufgefordert, sich frei zu machen. Doch dieser war weit entfernt davon. Momentan kämpfte er eher gegen seinen Lachreiz an. Louis-de-Funès-Typen, wie dieser hier, erinnerten ihn immer an seinen Onkel Gio, den er zeitlebens nie anders als herumfuchtelnd und herumschreiend gesehen hatte. Der Ärmste war schon mit neunundfünfzig gestorben - an einem Herzinfarkt.

„Ja, bitte sehr, kannst du sehr genau schaue, nimmst du auch Taschenlampe und schaust du diese sehr genau, bitte Bombe suchen, hier, suchst du hier, hier!"

Noch ehe ihn jemand daran hindern konnte, hatte sich der Mann seine leichte Sommerjacke heruntergerissen, sie auf den Boden geworfen, den Gürtel geöffnet und sich Hose und Unterhose bis zu den Knien hinuntergezogen. Jetzt machte er Anstalten, sich zu bücken.

„Schluss jetzt!", schrie der Security-Häuptling böse. Sie standen mitten in dem an die Sicherheitsschleuse anschließenden Büro, das vom Eingang nur durch eine Panzerglasscheibe getrennt war. Draußen gingen Botschaftsmitarbeiter durch die Schleuse, und einige begannen neugierig hereinzuspähen.

„Ja, Schluss jetzt, Schluss, hast du keine Bombe gefunden? Aha. Gut! Aber vielleicht habe ich ja zwei Granaten in meine Sack? Willst du greifen, meine Sack? Nein? Aber wenn ich nicht prüfen soll die Heizung, gut, du schreibst meine Chef, dass diese andere Chef nicht braucht, ich gehe heim. Gut."

Während er schimpfte, zog sich „Zio Gio", wie der Obersecurity den anderen bei sich nannte, wieder an. Tatsächlich hatte er nichts bei sich, womit man eine Botschaft in die Luft jagen konnte. Ein handelsübliches Notebook, ein Abgasmessgerät, beides in einer schäbigen Aktentasche, zusammen mit einem Lieferscheinbuch des Installateurbetriebes, der schon lange die Gas-Thermen der Botschaft wartete.

„Okay, du kannst deinen Job machen, aber erst beruhigst du dich einmal. Tief durchatmen. Gianni bringt dich rauf, du machst deine Messung und Gianni bringt dich wieder hierher."

„Ja, ja, dein Gianni kommt mit, gut, ich mache Messung, gut, ich schreibe auf Abgas, komme wieder her, Gianni kommt her, alles gut."

Drei Minuten später betraten Wachmann Gianni und der Installateur die Wohnung des Diplomaten Alessandro Lupo.

53

Der Serienmörder im Buchhalterkörper bleibt abrupt stehen und sieht mich fassungslos an.

„Was?“

„Tot“, wiederhole ich. Für einen Moment habe ich auch angehalten, jetzt gehe ich weiter, als sei die Sache damit erledigt. Er verharrt kurz an Ort und Stelle, dann hastet er mir nach.

„Das stimmt nicht! Warum sagst du das? Du kennst sie doch gar nicht, willst dich nur wichtigmachen.“

„Wenn du meinst ...“

Ich erhöhe mein Tempo, er hat Mühe mitzuhalten, während er neben mir herläuft, schaut er mich an, versucht, aus meinem Gesicht Schlüsse über das Gesagte zu ziehen, versucht herauszufinden, ob ich ein Angeber bin, der ihn provozieren will, oder tatsächlich etwas über seine Kinder weiß.

„Du kennst sie gar nicht. Sie ... heißen nicht wie ich ...“

„Da hast du recht. Sie haben ihre Namen geändert. Kurz nachdem man dich eingesperrt hat.“

„Ja. Sie wollten sich schützen. Vor der Presse, vor der Öffentlichkeit, vor Anfeindungen. Man hat sie gemobbt, beschimpft, sie sind behandelt worden wie Aussätzige. Die Kinder des Serienmörders. Sie wollten ganz neu anfangen. Wahrscheinlich sind sie mit ihren neuen Identitäten ins Ausland gegangen. Ich weiß nicht einmal, wie sie jetzt heißen, sie haben mich nie besucht, nie telefoniert ... Und woher weißt du ... wie hast du die Namen ... warum?“

„Ich kannte deine Tochter, das heißt, sie kannte mich. Sie war investigative Journalistin. Sie hat einen Justizirrtum aufgedeckt und mich damit aus dem Gefängnis geholt. Seit ihrer Heirat hieß sie Marielle Becker.“

„Marielle ... Und Dodo?“

„Wer?“

„Mein Sohn. Annas Bruder. Meine Frau nannte ihn immer Dodo, bis zu ihrem Tod, ein Jahr bevor man mich erwischt hat. Sie war eine gute Frau. Es sind ... waren gute Kinder. Ich war auch ein guter Vater. Also, was ist mit Dodo?“

Die Vorstellung, wie er ein guter Vater gewesen sein konnte, wische ich schnell aus meinen Gedanken und brauche ein paar Sekunden, um „Anna“ mit Marielle Becker zu verbinden. Anna war ihr Vorname, als sie noch Fuchs hieß.

„Er nannte sich Peter Hoffmann. Über ihn weiß ich nur wenig, er hat irgendeinen Sachbearbeiterjob gemacht, glaube ich. War sehr zurückgezogen." Während ich antworte, werfe ich Fuchs einen prüfenden Blick zu. Seit dem Beginn unseres Gespräches hat er sich verändert, sein Gesicht wirkt abgekämpft, nervöse Zuckungen um die Augen spiegeln seine Verwirrung wider, er achtet gar nicht auf mich, gedanklich ist er irgendwo anders.

„Sie wollten es nicht wahrhaben, haben mich verachtet, haben geglaubt, ich bin abnormal. ‚Geistig abnorme Rechtsbrecher' - wie das schon klingt! Sie haben nicht gewusst, dass es Bestimmung ist. Sie hätten es schon noch bemerkt, oh ja, das hätten sie! Bis ich dreißig war, hatte ich keine Ahnung, wenn du es mir gesagt hättest, hätte ich dich ausgelacht. Aber es steckt in den Genen. Erst Anfang, Mitte dreißig kommt es an die Oberfläche, auch das ist genetisch. Jetzt wären sie gerade in das Alter gekommen. Ich war gespannt, habe gewartet. Man kriegt ja so wenig mit, was draußen passiert, alles kontrolliert, gefiltert ... Aber dann doch - mehrere Morde, Gesicht unkenntlich gemacht. Ich habe einen Moment geglaubt, es war eines meiner Kinder ... die Gene ... Ich wäre stolz gewesen ... sie führen das Werk weiter ... meine ..."

Wir sind beide stehen geblieben. Zwei Beamte, die unser Palaver schon länger beobachtet haben, kommen langsam auf mich und Fuchs zu. Er stammelt nur mehr, sei es vor Verzückung, sei es vor Trauer, die Seele ist ein weites Land. Ich muss wieder zu ihm durchdringen, wenn ich etwas Essenzielles erfahren will.

„Diese Morde, mit den eingeschlagenen Gesichtern ...“

„‚Unkenntlich gemacht‘, ich nenne es ‚unkenntlich gemacht‘, das ist nicht dasselbe.“

„Ja. Also diese Morde mit den unkenntlich gemachten Gesichtern ...“

„Die du begangen hast. Du bist der Hofburgmörder. Mit meiner Methode!“

„... bei zweien dieser Morde waren tatsächlich deine Kinder beteiligt. Aber nicht als Täter, sondern sie waren die Opfer. Marielle, nein, Anna und Dodo - jemand hat ihre Gesichter ... unkenntlich gemacht und sie dadurch getötet. Mit deiner Methode.“

Ich bin auf eine Extremreaktion gefasst, trete einen Schritt zurück, verlagere meinen Schwerpunkt und drehe meine Zentrallinie unauffällig weg von ihm. Aber er steht nur da und starrt ins Leere. Mittlerweile sind die zwei Justizwachmänner fast bei uns angelangt. Mein Plan, ihm in seiner aufgewühlten Stimmung etwas Wichtiges zu entlocken, ist momentan gescheitert. In diesem Moment wirft sich Fuchs bäuchlings zu Boden und landet mit dem Gesicht knapp vor meinen Füßen. Überrascht schaue ich zuerst auf den Liegenden, dann auf die Beamten, die uns jetzt erreicht haben.

„Was ist los?“, fragt der eine und ich mache eine hilflose Geste, weil ich es selbst nicht weiß. In diesem Moment richtet sich Fuchs ein paar Zentimeter auf, packt mein linkes Bein, presst sein Gesicht dagegen und verbeißt sich mit aller Kraft in meine Wade.

54

Gianni hatte gar nichts gespürt.

Als der Wachmann dem Installateur die Verblendung der Therme zeigen wollte, hatte dieser ihm plötzlich die Hand an den Hals gelegt. Das war alles, woran er sich später erinnern sollte.

Während Gianni den Schlaf des Gerechten schlief, durchsuchte Lazlo Nagy die Wohnung in Windeseile. Er bewegte sich rasch und lautlos durch die Räume, seine Bewegungen hatten etwas Katzenhaftes, während er zunächst feststellte, ob er und der Wachmann tatsächlich alleine waren. Dann streifte er dünne Latexhandschuhe über und machte sich an die detaillierte Suche. Schnell, aber methodisch und sorgfältig öffnete er diverse Laden und Schränke, nahm Stapel von Wäsche heraus, legte sie sorgfältig ab, checkte die Hohlräume, um dann den ursprünglichen Zustand wiederherzustellen. Besondere Sorgfalt ließ er dem Schreibtisch in Alessandro Lupos Arbeitszimmer angedeihen, überflog Papiere, durchblätterte Mappen und machte mit dem Handy Fotos von einigen Dokumenten. Dann kehrte er zum Wachmann zurück, der unverändert am Boden lag, und prüfte dessen Puls und Atmung. Zufrieden tigerte er schließlich in das Schlafzimmer, fuhr mit den Händen unter die Matratzen und durchsuchte die Nachttischschubladen.

Nichts.

Zumindest nichts von Interesse, nichts, was Tatjana Petrova oder Lara Weiss Aufschluss über die Rolle, die der Mann der Ermordeten in diesem Fall spielte, bringen würde.

Also begab er sich in das riesige Wohnzimmer, öffnete den Barschrank, nahm systematisch Bücher aus der Regalwand und sah in eine antike Truhe, die wohl als Dekorationsstück diente. Bis auf zwei alte Stoffbären war sie leer. Allerdings erschien ihm der Innenraum ein wenig zu niedrig. Er räumte die Stoffbären heraus und richtig - der Zwischenboden ließ sich herausnehmen. Darunter fanden sich einige Schachteln Munition, eine kleine Automatik und eine Uzi Maschinenpistole. Das war ihm einige weitere Fotos wert, dann legte er Boden und Bären wieder zurück und schloss die Truhe. Neben dem Ledersofa fand er einen achtlos abgestellten Plastikbeutel. Diese Art Beutel kannte er. In diesen sammelte die Polizei Beweismittel, die dann in die Asservatenkammer wanderten. Oder, im Todesfall, den Hinterbliebenen ausgehändigt wurden. Er leerte den Inhalt auf den

Boden. Einige Schmuckstücke, eine kleine Handtasche, wie man sie zu Abendgesellschaften nahm, ein Schlüsselbund. Lazlo leerte auch die Handtasche aus. Eine Geldbörse, zwei Tampons, eine Packung Papiertaschentücher, zwei verpackte Kaugummistreifen, ein Lippenstift und eine kleine Puderdose samt Tupfer und einem Minispiegel im Deckel - und ein Handy. Er schaltete es ein. Natürlich war es gesperrt und auf dem Display erschien eine Warnung, dass der Akku erschöpft sei und sich das Gerät in einer halben Minute wieder abschalten würde. Rasch holte er seinen Laptop hervor, steckte das Smartphone an und entsperrte es mit einer eigens entwickelten Software. Nachdem er Zugriff auf das Gerät hatte, wählte er WhatsApp aus, checkte die letzten Chatverläufe und wechselte dann ins Fotoalbum.

Treffer!

55

Zwei Arten von Ärzten habe ich noch nie verstanden. Urologen und Psychiater.

Verstehen Sie mich nicht falsch, ich bewundere diese Leute und bin von der Wichtigkeit ihrer Arbeit überzeugt. Aber es kann doch nicht das Ziel eines Menschen sein, lebenslänglich an einer vergrößerten Prostata herumzudrücken, weißlichen Ausfluss aus der Harnröhre zu untersuchen oder Urinstrahlmessungen vorzunehmen. Und genauso wenig ist es erstrebenswert, sich in die Untiefen der menschlichen Gedankenwelt zu begeben und die unzähligen Phobien, kranken Fantasien und alltägliche Zwangsneurosen aufzublättern. Da muss man doch selbst ein wenig ... gaga werden, oder? Zumindest habe ich die sogenannten „psychologischen Sachverständigen" beim BVT und später die amtlichen Psychologen im Gefängnis so in Erinnerung.

Aber der Mensch, der mir gegenübersitzt, ist eigentlich erfrischend normal. Außerdem kenne ich ihn und verbinde die schönste Erinnerung der letzten Jahre mit ihm: meine Entlassung aus dem Gefängnis. Dr. Scholz war der unabhängige Sachverständige, der meine Schlussuntersuchung durchgeführt hatte. Der Typ mit der Frage nach meiner Sexualität! Aber ich nehme ihm das nicht krumm - es ist sein Job. Göllersdorf ist sozusagen sein Stammhaus und er soll wohl feststellen, ob der Angriff von Fuchs irgendein böses Trauma bei mir verursacht hat, wegen dem ich die Republik später verklagen könnte, weil sie ihrer Aufsichtspflicht in einer staatlichen Anstalt nicht ausreichend nachgekommen war. Kann man eigentlich zwei Staatspensionen bekommen? Wobei - wir sind in Österreich - da ist das sicher kein Problem.

Dabei war die Aufsicht durchaus okay. Ohne die beiden Justizwachebeamten hätte ich Fuchs totschlagen müssen, um ihn von meinem Bein loszubringen, in das er sich mit der Beißkraft einer Bulldogge verbissen hatte. Der eine Wachmann konnte den Irren schließlich mit einer kleinen Dosis Pfefferspray dazu bringen, den Kiefer wieder zu öffnen. Auf der Krankenstation wurde die Wunde genäht, gesäubert und verbunden. Außerdem bekam ich eine Tetanusspritze. So gesehen war die Versorgung gut, konnte aber nichts an dem höllischen Schmerz in meiner Wade ändern.

„Wir sind ja schon gute alte Bekannte. Wie geht es Ihnen, Herr Gardner?“

„Was glauben Sie? Es tut ziemlich weh."

„Ja, das glaube ich. Das tut mir auch leid für Sie. Aber ich habe eher gemeint, wie es Ihnen psychisch geht. Die letzten Tage waren ziemlich turbulent, meine ich. Und jetzt dieser schmerzhafte Angriff. Das macht doch etwas mit einem, nicht wahr? Was macht es mit Ihnen?"

Er sieht mich aufmunternd an. Was soll ich ihm erzählen? Kann er mir helfen? Soll ich versuchen, ihm Einzelheiten über Fuchs zu entlocken? Wie ist er einzuschätzen?

Ich schaue Dr. Scholz, den „Leiter psych. Dienst", wie es an der Tür steht, an. Ein leicht untersetzter Mann, Mitte vierzig, mit einem freundlichen runden Gesicht und kleinem Wohlstandsbäuchlein. Seine braune Strickweste sagt mir, dass er entweder einen unglaublich schlechten Geschmack hat (gemeinhin sagt man dann, er sei uneitel), oder aber seine Frau, die das Kunstwerk vermutlich gefertigt hat, sehr liebt. Es ist Ironie des Schicksals, dass er mich vor ein paar Tagen anlässlich meiner Entlassung „untersucht" hat - und jetzt anlässlich meiner Einweisung.

„Sie schauen so fragend, Herr Gardner. Sie können mich jederzeit fragen, wenn Sie etwas auf dem Herzen haben. Alles, was Sie wollen."

Er schickt eine ermutigende Geste hinterher und lächelt gewinnend. Eigentlich hasse ich diese professionelle Freundlichkeit und „Offenheit", die diese Leute nach Schema „F" versprühen und die sie sorgfältig trainiert haben. Ich finde das falsch, und es macht mir die meisten Leute der psychologischen Zunft höchst unsympathisch.

Andererseits machen diese Leute auch nur ihren Job. Und der hier setzt wenigstens kein mitleidiges Gesicht auf. Ich werde ihm eine Chance geben.

„... wirklich alles fragen ...“, wiederholt er jetzt.

„Auch die richtigen Lottozahlen der nächsten Ziehung?“, erwidere ich schnell. Das ist ein Test.

„Fragen schon, die Antwort wird nur nicht sonderlich befriedigend sein.“ Er lacht herzlich, nicht gespielt. Der Mann hat Humor und nimmt sich selbst nicht zu wichtig. Test bestanden.

„Also“, sage ich. „Sie wollen wissen, wie ich mich fühle, und ich sage es Ihnen: Ich fühle mich schlecht. Sehr schlecht. Ich bin hergekommen, um Maximilian Fuchs kennenzulernen und Informationen von ihm zu bekommen. Informationen über seine Kinder. Informationen, die mir helfen, eine Mordserie in Wien besser zu verstehen und aufzuklären. Das ist mir nicht gelungen. Fuchs ist durchgedreht und ich werde wohl keinen Draht mehr zu ihm finden. Ich bin genauso schlau wie vorher. Und ich habe eine Bisswunde in der Wade. Also: schlecht!“

Wie wird er reagieren? Wird er in Gelächter ausbrechen? Schließlich sind ihm gegenüber mit Sicherheit schon Menschen gesessen, die ihm mit der größten

Ernsthaftigkeit anvertraut haben, dass sie in Wahrheit Napoleon oder Stalin seien.

Dr. Scholz nickt nachdenklich und wirft dann einen Blick in seine Papiere. „Hier steht", erklärt er dann, „dass Sie hier sind, weil Sie als Beschuldigter in einer Mordermittlung gelten und in der Untersuchungshaft ein ebenso aggressives, wie ... sagen wir, ungewöhnliches Verhalten an den Tag gelegt haben."

Das wird mich wohl noch länger verfolgen, aber ich habe keinen anderen Weg gesehen. Insgeheim damit rechnend, dass J.J. im Hintergrund meine Verlegung nach Göllersdorf vorantreiben würde, musste ich ihnen ja schließlich einen Grund liefern, mich für verrückt zu halten, egal ob ich jetzt als Serienmörder überführt werden würde oder nicht. Da ich niemand ernsthaft verletzen oder sonst einen strafrechtlichen Tatbestand schaffen wollte, tobte ich mich anderweitig aus. Offen gestanden spielte ich eine Art Weltrichter, schwadronierte schon beim Frühstück laut vor mich hin und verurteilte diverse Mitgefangene, Justizangehörige und die zuständige Psychologin zu mehreren Jahren Freiheitsentzug. Das fällt mir jetzt auf den Kopf.

„Doktor", sage ich zu dem Psychiater. „Ich glaube, ich weiß, was in Ihren Unterlagen steht. Ich habe in Untersuchungshaft verrücktgespielt. Ich habe behauptet, der Staat sei ein unrechtmäßig geschaffenes Konstrukt, ohne jede Machtbefugnis, ich habe gesagt, ich erkenne ihn nicht an und exekutiere meine eigenen Gesetze, ich bin über Wachbeamte ‚Gericht gesessen‘ und habe mich auch sonst verhaltensauffällig benommen. Aber das alles war inszeniert, weil ich ja hierher wollte, um an Fuchs ranzukommen.“

Er verzieht keine Miene. So eine Geschichte hat er sicher noch nie gehört.

„Interessant“, ist alles, was er sagt. Aber mir fällt auf, dass er begonnen hat, sich eifrig Notizen zu machen. Sicher über die Wahnvorstellungen des neuen Patienten.

„Sie glauben mir nicht“, stelle ich resignierend fest.

„Herr Gardner“, sagt er jetzt und schaut mich freundlich an. „Ich denke, dass wir noch viel Zeit miteinander verbringen werden. Und das ist gut so. In dieser Zeit werde ich Sie besser kennenlernen dürfen. Und Sie wiederum werden ausreichend Gelegenheit haben, mich zu überzeugen.“

56

Sie saßen in einem kleinen Besprechungsraum bei TP-Consulting. Lara legte das Handy zurück auf den Tisch.

„Das ist heftig“, sagte sie.

„Nicht wahr?“ Die Petrova schenkte ihr Tee nach. Sie hatte Lara die ganze Zeit aufmerksam betrachtet, während diese sich durch die Handyfotos gewischt hatte.

„Wie sind Sie an das Telefon gekommen?“ Es war mehr eine Verlegenheitsfrage, sie konnte sich vorstellen, dass Lazlo Nagy es „organisiert“ hatte, war sich aber nicht sicher, ob sie tatsächlich wissen wollte, wie.

Vor zwei Stunden hatte die Petrova Lara angerufen und sie in ihre Firma bestellt (tatsächlich „bestellt“, nicht etwa gebeten, Tatjana Petrova hatte etwas sehr Bestimmendes, zumindest Lara Weiss gegenüber). Lara war noch im Büro beschäftigt gewesen und hatte sich danach schleunigst in die Habsburgergasse begeben. Dort hatte eine Sekretärin sie in das Besprechungszimmer geführt, wo sie zehn Minuten alleine gewartet hatte. Dann war die Petrova erschienen und kurz darauf Lazlo Nagy, dessen Anwesenheit Lara wie immer einen Schauder über den Rücken laufen ließ.

„Ich habe es frisch aufgeladen“, hatte er erklärt, das Handy auf das Tischchen gelegt und war lautlos verschwunden. Lara hatte bemerkt, dass die Petrova ungeniert den zugegebenermaßen knackigen Hintern des Mannes fixiert hatte. Aber auch ohne diese Blicke war die erotische Spannung zwischen Lazlo und Tatjana nahezu spürbar. Die Russin war mit Sicherheit eine Frau, die sich nahm, was sie wollte.

Ob sie mit Leo auch schon ...? Im gleichen Moment hatte sich Lara über sich selbst und die Frage geärgert. Das war jetzt überhaupt nicht wichtig. Sie hatte sich zur Professionalität gemahnt und die Fotos auf dem Handy betrachtet.

„Was meinen Sie, Lara?“ Die Petrova betrachtete ihr Gegenüber immer noch prüfend.

„Die Fotos sind schlecht in der Qualität, zeigen aber eindeutig jemanden, der jemand anderen niederschlägt, dem Opfer einen Sack über den Kopf stülpt und danach wie verrückt auf den Sack eindrischt. Anschließend wird das Opfer ein Stück weit gezogen und an die Rückseite eines Denkmals oder Gebäudes gelehnt. Den Mörder kann man nicht erkennen, das Opfer wird vermutlich Marielle Becker gewesen sein.“

Lara schaffte es, das ziemlich emotionslos herunterzuleiern. Sie wollte sich vor der Russin keine Blöße geben.

„Richtig. Das zeigen die vielen Bilder. Aber ich wollte wissen, was Sie daraus schließen."

Lara überlegte.

„Es sieht so aus, als hätte Carolina ihre Nebenbuhlerin beschattet. Vielleicht hat sie von jemandem einen Tipp bekommen, vielleicht hatte sie aber auch selbst den Verdacht, dass ihr Mann fremdgeht. Jedenfalls hat sie sich scheinbar auf die Lauer gelegt. Die ersten Fotos zeigen Lupo, wie er ein Haus betritt, das nächste, wie Marielle in dasselbe Haus geht. Ungefähr zehn Minuten später, das verrät uns der Zeitstempel des Fotos. Knapp zwei Stunden später kommt er wieder heraus - nächstes Bild, kurz darauf sie - nächstes Bild. Dann muss Carolina Marielle durch die Innenstadt verfolgt haben. Man sieht die Becker einmal von hinten, gut zwanzig Meter entfernt. Und dann, ungefähr zehn Minuten später, kommen die Fotos vom Tatort. In Panik aufgenommen, pausenlos, eines nach dem anderen, fast zwanzig Stück. Es sieht aus, als ob sie von schräg unten geschossen wurden. Vielleicht hat sie sich hinter einem Busch versteckt."

„Das sehe ich auch so."

„Trotzdem, der Mörder muss sie gesehen haben. Gut genug, dass er sie erkannt und später beseitigt hat", stellte die Petrova fest.

„Möglich.“

„Aber wenn man jemanden, den man nur flüchtig sieht, auf Anhieb identifizieren kann, heißt das doch, dass man ihn kennt, vielleicht sogar sehr gut kennt. Und das wiederum bedeutet ...“

„... dass Alessandro Lupo, der seine eigene Frau sicher auch unter widrigsten Bedingungen erkennen würde, wieder unser Hauptverdächtiger ist“, ergänzte Lara.

57

Und wieder eine Nacht in der „Geschlossenen". Wieder brüllt irgendwo einer, diesmal vom Aufschlitzen. Gut möglich, dass er sich nur Aufmerksamkeit verschaffen will, weil er die nächtliche Einsamkeit ohne Perspektive nicht aushält.

Aber genauso gut möglich, dass er weiß, wovon er redet, und schon ein halbes Dutzend Menschen „aufgeschlitzt" hat. Hier drinnen sind die Facetten menschlichen Unglücks genauso versammelt wie die Facetten des absolut Bösen. Die Grenzen sind übrigens verschwimmend.

Natürlich sind diese Nächte trotzdem kein Vergleich zu denen, die ich während meiner „richtigen" Haft hatte. Damals fühlte ich eine tiefe Hoffnungslosigkeit, bis ich mich mit der Stoa zu beschäftigen begann. Heute weiß ich, dass ich sozusagen „außer Konkurrenz" hier bin und es nur eine Frage der Zeit ist, bis ein kluger, von J.J. beauftragter Anwalt mich rausgeboxt hat.

Trotzdem - es gibt angenehmere Nächte. Vor allem würde ich gerne schlafen, wogegen sich mein Körper, vor allem aber mein Geist reflexartig wehren. „Kein Schlaf hinter Gittern - das ist zu gefährlich!“ könnte die unbewusste Botschaft hinter meiner Gefängnisschlaflosigkeit lauten.

Ich trinke ein Glas Wasser und lasse den gestrigen Tag Revue passieren, versuche, das Gespräch mit Fuchs zu analysieren. Hat es tatsächlich nichts gebracht? Hab' ich es vergeigt? Wahrscheinlich. Ich hätte nichts vom Tod seiner Kinder sagen sollen. Hätte mehr in seiner Vergangenheit bohren sollen. Vielleicht hat er ja einen Feind. Einen, der das Unmögliche geschafft hat und hier rausgekommen ist. Gibt es so was? Rivalität unter Mördern? Konkurrenz unter Serientätern? Ich seufze in die Dunkelheit, dieser Zug ist abgefahren, die ganze Aktion war umsonst, von Fuchs werde ich nichts mehr erfahren.

Und was habe ich herausbekommen? Im Grunde genommen nichts. Außer, dass er stolz auf seine Taten ist. Seine Methode! Auch schon eine Methode, Leuten das Gesicht zu zertrümmern. Der Psycho-Onkel hätte mir sicher die Hintergründe erklären können. In einem anderen Leben vielleicht. Wenn wir uns unter anderen Umständen kennengelernt hätten. So aber hat er mich ausschließlich als Patient oder als Studienobjekt betrachtet. Nachdem er mir erklärt hatte, dass wir noch viel gemeinsame Zeit verbringen würden, wollte er mich hinauskomplimentieren, der nächste Klient würde leider schon warten, wie er mir erklärte. Schon in der Tür, als mich der Justizbeamte übernahm, fiel mir etwas ein - und ich fragte ihn nach Fuchsens kruder Idee mit dem Mörder-Gen.

„Nun, das ist keine fixe Idee von Maximilian Fuchs, zumindest nicht von ihm alleine. Tatsächlich gibt es etliche seriöse Publikationen darüber und renommierte Wissenschaftler beschäftigen sich damit. Fuchs nennt es Mörder-Gen, was er damit meint, ist das MAOA-Gen. Ich forsche selbst in diese Richtung."

„Aha ... und was ... ist dran? Ich meine, was ... tut dieses Gen?"

„Das Gen selbst tut nichts. Aber vereinfacht ausgedrückt, bewirkt ein verstärktes Vorkommen dieses Gens eine ungleich höhere Wahrscheinlichkeit, zum Mörder zu werden."

„Und was soll das Gerede von Fuchs mit seinem Vater und seinen Kindern? Ist dieses MAOA-Gen tatsächlich vererbbar?"

„Leider ja." Dann wandte sich der Doktor wieder seinen Patientenakten zu und der Beamte führte mich in meine Zelle.

Da liege ich also und denke an Fuchs, an das Mörder-Gen, an den Fall und daran, wie lange J.J. noch brauchen wird, bis ich frei bin. Messner wird die Staatsanwältin seinerseits davon zu überzeugen versuchen, mich bis zum Prozess wegsperren zu lassen, damit ich kein Gemetzel anrichte. Ich beschließe, mit stoischer Gelassenheit das weitere Geschehen abzuwarten - weil ich es ja ohnehin nicht beeinflussen kann. Dann denke ich zur Abwechslung einmal an etwas Schönes.

Zufällig sieht es aus wie Lara Weiss.

58

„Das alles klingt vollkommen crazy“, sagte Samantha Warren, als Lara geendet hatte. Ihre Aussprache ließ keinen Zweifel an ihrer Herkunft offen. Während die Amerikanerin nun die ausgedruckten Fotos noch einmal genauer betrachtete, hatte Lara ihrerseits Gelegenheit, die Chefredakteurin von „Frontal“ genauer in Augenschein zu nehmen. Laut Lebenslauf musste sie über fünfzig sein, wirkte aber mit ihren rotblonden Haaren, die sie zu dicken Zöpfen geflochten hatte, deutlich jünger. Ihr Gesicht war über und über mit Sommersprossen übersät und strahlte die natürliche Gelassenheit sehr großer Menschen aus. Die Größe war auch das Auffälligste an ihr. Als sie sich vorher kurz erhoben hatte, musste Lara an die Riesenmädels einer Basketballmannschaft denken. Die Amerikanerin war um gut anderthalb Köpfe größer als sie selbst. Für eine Sportlerin allerdings war Samantha Warren zu üppig, vor allem um die Hüften.

Die letzten zehn Minuten hatte sie Lara gebannt zugehört, wie diese ihr die Zusammenhänge zwischen Marielle Becker, Carolina Lupo und Peter Hoffmann erklärt hatte. Als Lara die Verwandtschaft zu Maximilian Fuchs zu den beiden Mordopfern erwähnt hatte, war Samantha Warren das erste Mal ein „Crazy“ über die Lippen gekommen.

„Crazy“, wiederholte sie jetzt. Dann legte sie die Bilder zur Seite und sah Lara aufmerksam an. „Marielle war meine beste Mitarbeiterin. Ihr Tod ist ein großer Verlust. Vor allem für das Magazin „Frontal“. Diese Story, die sie gemacht hat - über diesen Justizirrtum bei Leo Gardner, das war eine feine Arbeit. Ich habe sie bewundert dafür. Und jetzt ist sie selbst in die Hand von einem Murderer gefallen. Sagt man das so? In die Hand gefallen?“

„Ja. Das kann man so sagen“, bestätigte Lara.

„Und Sie sagen, dass Leo Gardner dem Murderer auf der Spur ist?“

„Na ja, gewissermaßen. Aber momentan ist er selbst verdächtig.“

„Aber er war doch noch gar nicht frei, als Marielle getötet wurde, denke ich ...“

„Ja, diesen Mord kann ihm Major Messner beim schlechtesten Willen nicht anhängen, aber die anderen beiden.“

„Dieser Mann ist ein - wie sagen Sie? - ein Trottel. Das stand ja schon im Report von Marielle. Außerdem, das ist eine Serie, nicht? Das passt nicht zusammen.“

„Stimmt.“ Lara nickte. Dann herrschte einen Moment Schweigen.

„Also, meine Liebe, wie kann ich hier helfen?“

„Es ist so, Leo Gardner war in Untersuchungshaft. Um in die gleiche Anstalt wie Fuchs zu kommen, hat er ein bisschen verrücktgespielt, um Polizei und Justiz davon zu überzeugen, dass es besser sei, ihn zu verlegen. Ein guter Bekannter hat dann dafür gesorgt, dass er in das ‚richtige‘ Gefängnis für geistig abnorme Täter kommt.“

„Okay.“

„Jetzt müssen wir ihn allerdings wieder herausholen.“

„Hat er dort gefunden, was er wollte? Hat dieser Fuchs geredet?“

„Leider nichts, was uns weiterhelfen würde. Das hat er dem Anwalt verraten, der ihn gestern besuchen durfte.“

„Shit! Aber wie kann ich ihm helfen?“

„Ich dachte, wenn Sie die Staatsanwaltschaft anrufen und sagen, dass er für Sie investigativ tätig war, dass sie beide das alles zusammen geplant und inszeniert haben, dann hat er vielleicht bessere Chancen, bis zu einer möglichen Verhandlung freizukommen.“

Die Redakteurin sah sie verdutzt an, dann begann sie zu grinsen, dann schallend zu lachen.

„Das ist crazy! Es ist wie eine Story aus einer Suspense-Novel. Ihr Österreicher, ihr seid unglaublich! Glauben Sie, das funktioniert?“

„Normalerweise nicht. Aber es ist so ... Seit dem Fehlurteil ist man bei Leo natürlich seitens der Staatsanwaltschaft ein bisschen sensibilisiert. Und das Magazin ‚Frontal‘ hat überhaupt einen gefürchteten Ruf bei denen. Spätestens durch Marielles Beiträge.“

Lara hatte sich die Aktion letzte Nacht ausgedacht. Anlass war ein Telefonat mit J.J. gewesen, der ihr zwei schlechte Nachrichten mitgeteilt hatte. Zum Ersten war Alessandro Lupo an dem Tag des Mordes an Hoffmann in Italien gewesen und schied somit als Täter aus. Außerdem hatte J.J. erklärt, dass der Anwalt die Chancen, Leo schnell freizubekommen, schlecht einschätzte.

„Zwei, vielleicht drei Wochen, bis ein umfassendes psychologisches Gutachten vorliegt“, hatte J.J. resignierend geschlossen. Lara hatte aufgelegt und begonnen, über einen andren Weg nachzudenken. Dabei war ihr das Magazin „Frontal“ eingefallen.

„Sie sind eine clevere Frau, Lara. Dieser Leo muss eine ganz besondere Wirkung auf Frauen haben. Zuerst Marielle, die ihn aus dem Gefängnis holt, jetzt Sie, die ihn aus der - wie sagen die Deutschen? - Klapsmühle holt. Ich glaube, Ihr Leo ist ein Lady-Killer.“

„Das habe ich mir auch schon gedacht“, konterte Lara trocken. „Gut, dass ich keine Lady bin.“

Sie lachten beide schallend.

„Okay, meine Liebe, ich helfe Ihnen! Ich kenne ein paar Leute, die wieder ein paar Leute kennen ... Wir werden mit einer hässlichen Story über den Zustand der österreichischen Justiz drohen, wenn sie Gardner nicht freilassen.“

Sie stand auf, steuerte um den Schreibtisch herum und klopfte Lara auf die Schulter. Diese wiederum musste den Kopf in den Nacken legen, um der anderen in die Augen zu sehen.

„Danke, Frau Warren“, sagte Lara.

„Nicht Frau Warren“, sagte dieselbe, „sag Sam zu mir, das tun alle meine Freunde.“

59

Ich kann mich nicht erinnern, wann ich mich zuletzt so wohlgefühlt habe.

Vergiss nicht - man benötigt nur wenig, um ein glückliches Leben zu führen. Marc Aurel hatte absolut recht. In meinem Fall ist es der Blick über Wien, den der Heurige bietet, bei dem wir gerade sitzen, ein Glas Rotwein und eine gewisse Lara vom Leopoldsberg mir gegenüber.

„Samantha Warren hat dich übrigens sofort durchschaut. Auch sie hat dich als Heiratsschwindler bezeichnet."

„Eine nette Frau. Ich werde ihr gelegentlich ein paar Blumen vorbeibringen."

„Vorsicht! Wenn du ihr zu nahe kommst, ist sie im Stande und zerquetscht dich ..."

„Ist sie so dick?"

„Nicht direkt, eher der Typ Serena Williams, einfach ein XXL-Mädel." Ich lache. Lara lacht. Schön. Sehr schön. Dann räuspere ich mich.

„Ich habe mich noch gar nicht richtig bedankt, für deine Hilfe."

Ich räuspere mich erneut, es ist nicht so, dass ich Probleme habe, mich zu bedanken, aber so förmlich kommt es mir doch irgendwie komisch vor.

„Ach was, eigentlich war es doch Sam, die das gedreht hat. Ich habe sie nur gebeten."

„Du hast den richtigen Hebel gefunden, innerhalb von drei Tagen hat sie genug Druck aufgebaut. Dann ein weiteres Interview durch einen unabhängigen Psychiater, eine Vorführung vor den Haftrichter, Anwaltskram und schwuppdiwupp, bin ich frei. Messner hat getobt, wie mir jemand von der Kripo erzählt hat."

„Ja", sagt Lara jetzt und streicht sich eine Strähne aus der Stirn ...

Sagen Sie, habe ich eigentlich schon erwähnt, dass mir diese Geste an ihr schon früher aufgefallen ist? Ich will nicht, dass Sie denken, das hätte ich erst in meiner neu gewonnenen Freiheit registriert. Also, sozusagen fürs Protokoll: Ich mag diese Geste.

„... aber letztendlich warst du es, der ein großes Risiko eingegangen ist und der eine Woche lang seine Freiheit geopfert hat und jetzt stehen wir wieder da wie vorher. Wir wissen nichts und der Mörder ist frei und mordet vielleicht morgen wieder."

„Vielleicht. Vielleicht aber auch nicht. Die Fotos, die du mir gezeigt hast, sind meiner Meinung nach der beste Beweis, dass Carolina Lupo sozusagen ein Kollateralschaden war. Der Mörder muss sie gesehen haben und hat sie in der Hofburg beseitigt. Das eigentliche Ziel waren immer die Geschwister Fuchs."

„Du meinst, dass die Serie jetzt endet?"

„Na ja, immerhin wäre es möglich. Es ist ja niemand übrig von der Sippe. Andererseits wäre es genauso möglich, dass der Täter noch den alten Fuchs auf dem Radar hat. Aber eine Anstalt wie Göllersdorf kannst du nicht mit einem normalen Gefängnis vergleichen, da kannst du nicht einfach jemand anheuern, der beim Abendessen einem anderen die Gabel ins Auge sticht."

Lara sagt eine Weile nichts und denkt nach. Ich schweige eine Weile, dann komme ich zurück zur Geschäftsordnung.

„Wie auch immer, die Frage ist immer noch: wer?"

„Vielleicht einer, der sich rächen will."

„Ja. Aber wofür?"

„Auge um Auge, Zahn um Zahn. Einer, der seine Familie verloren hat oder einen lieben Menschen. Wir sollten uns vielleicht die Opfer von Fuchs ansehen. Vielmehr - deren Hinterbliebene."

Ich pfeife leise durch die Zähne. Was Lara da sagt, macht Sinn.

„Gleich morgen setze ich J.J. darauf an. Schließlich braucht er eine Beschäftigung in der Pension."

Lara lacht. Es tut gut, mit ihr zusammen zu sein. Ich erzähle ihr von der Anstalt und von Fuchs.

„Er hat diese fixe Idee von einem ‚Mörder-Gen', weißt du. Nach dem Tod seines Vaters ist Maximilian Fuchs draufgekommen, dass dieser ein Serienmörder war, den man nie erwischt hat. Fuchs behauptet, dass das an einem bestimmten Gen liegt - und das ist vererbbar. Das Gruselige ist, dass es so was tatsächlich zu geben scheint. Das hat der Psychiater von Fuchs bestätigt. Ich habe mit ihm geredet, das heißt, ich wurde ihm vorgeführt und ich glaube, er ist ein bisschen enttäuscht, dass ich wieder freigekommen bin. Er hätte mich mit Vergnügen therapiert."

„Das wird aber auch höchste Zeit, dass das einmal einer anpackt", bemerkt Lara und grinst. Dann bohrt sie nach.

„Was hat das jetzt mit dem Mörder-Gen auf sich?"

Ich versuche mich zu erinnern. Irgendwas mit MAOA, ich hab' es im Internet recherchiert, bin aber nicht weit gekommen, weil mich eine gewisse Lara zum Heurigen abgeholt hat.

„MAOA-Gen. Man nennt es auch ‚Warrior-Gen'. Es scheint tatsächlich vererbbar zu sein und der psychotische Drang zu töten wird erst ab zirka dreißig übermächtig. Aber das war jetzt nur Doktor Google, ich muss ..."

„Dann haben wir ja Glück, dass die beiden Fuchs-Kinder nicht älter geworden sind“, scherzt Lara leichthin, „oder dass es nicht noch mehr Geschwister gibt, die mit dem Maoam-Dings verseucht sind.“

Der Weißwein, dem wir in unserer Wiedersehensfreude ziemlich zugesprochen haben, zeigt seine Wirkung. Wir lachen übermütig, aber irgendetwas an dem, was Lara gesagt hat, beschäftigt mich. Das Bauchgefühl ruft wieder. Und jetzt gestikuliert es auch noch wie wild. Langsam, aber sicher kommt mein Kopf mit.

„Was hast du da gerade gesagt?“, frage ich sie.

„Wir können froh sein, dass nicht noch mehr kleine Füchse herumlaufen“, sagt Lara feierlich. Sie hat tatsächlich einen Schwips.

Und ich habe eine Idee, die aber ein wenig Vorbereitungszeit in Anspruch nehmen wird.

60

„Die blöde Sau!“

Major Lorenz Messner knüllte die Zeitung zusammen und schleuderte sie quer durchs Büro. Dienstbeflissen hob sein Assistent Roland Reimann sie auf und machte Anstalten, seinem Chef das Blatt zurückzugeben.

„Weg damit!“, schrie Messner böse. „Dieses kranke Arschloch in seinen italienischen Klamotten!“

Neugierig überflog Reimann die Seite, die den Major so in Rage gebracht hatte. Eigentlich hatten sie den Fall schon zu den Akten gelegt. Es waren rund zwei Wochen vergangen und niemand in Wien konnte sich mehr daran erinnern. Messner dachte, er sei mit einem blauen Auge davongekommen.

„Sensationelle Wende bei den Wiener Serienmorden“, lautete die Überschrift.

Wie gestern bekannt wurde, ist es dem renommierten Magazin ,Frontal' gelungen, bisher unbekannte Zusammenhänge in Verbindung mit den Mordfällen, die Wien in Angst und Schrecken versetzen, aufzudecken. Bei zweien der Opfer handelt es sich um Kinder des Serienmörders Maximilian Fuchs, der in den Neunzigerjahren zweifelhafte Berühmtheit erlangte und seit seiner Verurteilung in der Justizanstalt Göllersdorf eine lebenslange Haftstrafe im geschlossenen Vollzug verbringt. Außerdem ist es dem Magazin gelungen, die bisher verschollene Schwester der Mordopfer aufzutreiben. Wie auch ihre Geschwister lebte sie unter falschem Namen. Nun aber hat sie sich entschlossen, an die Öffentlichkeit zu gehen.

,Es ist wichtig, dass die Öffentlichkeit die ganze Wahrheit über meinen Vater und sein bösartiges Erbe erfährt', wie sie in einem Interview mit dem ,Frontal' ihren drastischen Schritt begründet. Dazu ist die in Deutschland lebende Frau für einige Tage nach Wien gekommen, wo sie unter strenger Bewachung in einem ungenannten Hotel wohnt und noch heute Abend in einem Am-Schauplatz-Spezial für SpiegelTV ein Exklusivinterview geben wird. Die Polizei erhofft sich entscheidende Hinweise.

Reimann ließ die Zeitung sinken. „Das habe ich nicht gewusst", gestand er verwirrt.

„Niemand hat das gewusst, niemand!", brüllte Messner. „Die Polizei erhofft sich entscheidende Hinweise! Keine Ahnung, woher der Schmierfink das hat, von mir jedenfalls nicht, weil ich zum ersten Mal davon höre, dass es diese Frau überhaupt gibt. Dahinter kann nur einer stecken - Gardner! Aber diesmal ist er zu weit gegangen, diesmal ist er dran. Ich weiß nicht, wie er es geschafft hat, die Staatsanwaltschaft und alle Psychologen so einzuwickeln, dass sie ihn wieder aus dem Irrenhaus geholt haben, wo er hingehört, aber jetzt hat er den Bogen überspannt. Die wahre Identität der Opfer bekannt gegeben, die Polizei nicht über die Existenz der lebenden Schwester informiert, falsche Tatsachen über die Printmedien verbreitet, jetzt ist er fällig!“

„Aber“, wandte Reimann vorsichtig ein. „Wenn diese Schwester wirklich etwas weiß? Wenn sie uns wirklich entscheidende Hinweise liefern kann, sollten wir dann nicht vielleicht mit ihr reden?“

„Halten Sie die Schnauze, Reimann! Ich will nichts mehr hören, verstehen Sie? Sie rufen sofort beim ‚Frontal‘ an und lassen sich den Aufenthaltsort von der Tante geben, klar? Und wenn die Mätzchen machen, fahren wir hin und machen eine Razzia, die sie ihr Lebtag nicht mehr vergessen! Dagegen waren die Ibiza-Hausdurchsuchungen eine Kinderparty.“

„Das wird gar nicht mehr nötig sein“, sagte Messners anderer Assistent Gerhard Hager, der soeben hereingekommen war. In der Hand hielt er eine Gratis-U-Bahn-Zeitung. „Die hier waren nicht so diskret wie die anderen, das Hotel ist das Hilton am Stadtpark.“

61

Wissen Sie, ich weiß genau, was Sie jetzt denken! Ich weiß genau, was Sie von mir halten - und das ist nicht angenehm. Ich würde lügen, wenn ich sage, dass mir das gleichgültig ist. Zu meiner Verteidigung muss ich sagen, dass es nicht meine Idee war. Also die Falle schon, die war auf jeden Fall meine Idee. Und auf diese Idee bin ich auch ein bisschen stolz. Aber die Sache mit Lara, die lasse ich mir nicht in die Schuhe schieben.

Sicherlich, ich hätte es verhindern können. Und es soll niemand sagen, dass ich es nicht versucht habe. Aber Lara Weiss kann sehr hartnäckig sein. Sehr!

„Wie geht es dir, Lara?“

So fürsorglich habe ich J.J. noch nie erlebt. Ich glaube, der alte Schwerenöter hat sich ein bisschen in sie verguckt. Das wäre dann in seiner gesamten Karriere dann zum ungefähr tausendsten Mal. Auch wenn es

James Bond gehörig übertreibt, die Klischees Geheimagent und Frauen stimmen.

„Wie soll es mir gehen, J.J.? Normal! Herrgott, ihr tut so, als ob ich schwanger wäre und der Geburtstermin längst überfällig oder ob ich eine entscheidende Operation hätte, dabei soll ich nur hier im Zimmer sitzen, ab und zu in Begleitung durchs Hotel gehen, ein gefaktes Interview geben und brav sein. Alles in allem eine fade Angelegenheit. Ich hab' schon Tupper-Partys erlebt, die aufregender waren."

J.J. muss lachen, Lara lacht mit. Mit ihrer Perücke und der etwas zu groß geratenen Brille sieht sie ein bisschen älter und irgendwie verschroben aus. Während ich sie unauffällig anschaue, denke ich nach.

Was haben wir? Zwei Leute vom BVT, die J.J. noch einen Gefallen schuldig sind. Sie halten sich in der Nähe des Hoteleingangs bereit, beobachten die Ankommenden und könnten einen eventuell Flüchtenden aufhalten. Weiters haben wir J.J. selbst, der schon ein wenig in die Jahre gekommen ist. Im Nahkampf wäre er vielleicht nicht mehr die erste Wahl, aber so schlimm wie Sean Connery in „Sag niemals nie" ist es nicht. Er hat aber seine Pistole mit und außerdem einen fast untrüglichen sechsten Sinn, was sein Gegenüber betrifft. Dann haben wir natürlich die Hauptperson, den Lockvogel: Lara vom Leopoldsberg, die mit fast schon befremdlicher Hartnäckigkeit auf ihrer Rolle in der Geschichte bestanden hat.

„Ich kann das, ich muss das tun!", hatte sie mir am Vortag noch eingeredet. J.J. wollte eine hartgesottene Kollegin vom BVT einsetzen, die schon etliche Einsätze als Lockvogel absolviert hatte. Ich wiederum hatte Tatjana Petrova gefragt, ob sie in ihrem Ex-KGB-Ex-Mafia-Netzwerk nicht eine passende Dame wüsste, aber Lara hatte sich durchgesetzt.

Das Ganze war einfacher als gedacht, Samantha Warren war sofort bereit gewesen, hatte ein paar seriöse Zeitungen angerufen, die alle brav mitgespielt hatten. Lügen scheint Journalisten und Politikern gleichermaßen leichtzufallen. Den anonymen Hinweis mit dem Hilton am Stadtpark habe schließlich ich selbst an das Gratisblatt gegeben. Am Telefon mit verstellter Stimme. Schließlich soll uns der Verrückte ja auch finden.

„Also, Lara, was machst du, wenn der Strom ausfällt?" J.J. hat ein paar Szenarien entworfen und versucht, unserem Lockvogel Verhaltensregeln zur Verteidigung einzubläuen. In den letzten beiden Stunden hat er sie fast wahnsinnig gemacht mit seinen Prüfungsfragen.

„Ich schreie ‚Huch, ein Stromausfall!', und laufe nackt kreischend auf den Gang hinaus, Herr Oberlehrer."

In dem Moment meldet sich einer der Eingangsbeobachter von J.J.

„Die Kavallerie trifft ein. Sieht aus wie Major Messner vom LKA samt Anhang."

„Verstanden." J.J. sieht mich an. „Das war zu erwarten, soll ich versuchen, mit ihm zu reden?"

Ich schüttle den Kopf. Messner ist geladen und das soll er auch sein. Ich gehe davon aus, dass der Mörder oder die Mörderin das Hotel beobachten wird. Ein großer Polizeiaufmarsch ist also gar nicht so schlecht, wenn danach wieder ein großer Polizeiabmarsch folgt, der den Beobachter in Sicherheit wiegt.

„Ich erkläre es ihm", sage ich und versuche, meine Stimme optimistisch klingen zu lassen. „Ihr beide bleibt hier und geht auf keinen Fall mit fremden Männern mit - auch wenn sie euch Schokolade anbieten."

„Auch wenn es Gummibärchen gibt?", fragt Lara mit Kleinmädchenstimme. Das Zimmertelefon läutet und ich hebe ab.

„Entschuldigen Sie die Störung, aber hier sind einige Beamte der Polizei, die mich nach Ihrer Zimmernummer fragen und die möchte ich nicht so ohne Weiteres bekannt geben, andrerseits ist die Polizei natürlich nicht irgendwer ..."

„Sie haben alles richtig gemacht", sage ich der Rezeptionistin. „Halten Sie die Herren weiter hin. Ich komme runter."

62

Er hatte sie gesehen.

Es würde nicht leicht werden, aber er war fest entschlossen. Das Schicksal ließ sich nicht aufhalten, wenn man ihm seinen Willen aufzwang.

Gardner, die Frau und ein älterer Mann waren schon vor Stunden eingetroffen. Sicherlich waren auch genügend Sicherheitsleute im Hotel und draußen verteilt. Zwei hatte er in der Nähe des Eingangs gesehen, ihr Verhalten war so aufgesetzt unauffällig, dass es jedem auffallen musste, der sich die Mühe machte, zweimal hinzusehen. Er hatte gelächelt und war ein Stück weiter spaziert. Einen Plan zu haben war gut, aber noch besser war es, flexibel zu bleiben und die günstigste Gelegenheit abzuwarten. Das TV-Interview würde vielleicht die besseren Chancen bieten. Sicher würden sie nicht ins Studio fahren, sondern hatten das Kamerateam ins Hotel bestellt. Wenn ein plötzlicher Stromausfall die starken Scheinwerfer erlöschen ließ, bot sich im allgemeinen Chaos wahrscheinlich die beste Gelegenheit. Die Methode würde er möglicherweise abändern müssen, aber das war schon egal. Gardner hatte die Inszenierung wahrscheinlich ohnehin durchschaut, wichtig war jetzt nur mehr das Ziel.

Er hatte noch ausreichend Zeit, überlegte, ob er in ein nahes Café gehen sollte, um später wiederzukommen, als die Polizei eintraf. Zwei Zivilfahrzeuge und drei Streifenwagen standen plötzlich zwischen den Taxis auf der Nebenfahrbahn und sogar auf dem Gehsteig beim Haupteingang des Hilton. Er erkannte Major Messner, der ein paar Befehle bellte und mit ein paar Leuten ins Foyer stürmte.

Das war es! Ein besseres Timing gab es gar nicht! Ohne zu zögern, lief er auf den Eingang zu, rempelte dabei fast einen weiteren Zivilfahnder um und drängte sich mit dem Pulk zum Empfang.

Messner herrschte die Frau am Empfang an, ihr sofort die Zimmernummer der „Frau aus der Zeitung" zu geben. Sie verstand nicht. „Oder hat sich Gardner unter seinem Namen eingetragen?" Jetzt nickte sie, beharrte auf ihren Anweisungen, worauf Messner mit ihrer sofortigen Verhaftung drohte. In der Lobby war es mittlerweile still geworden. Die Frau hielt sich tapfer an ihre Anweisung und schickte sich an, telefonisch nachzufragen.

Das war es, er hatte genug gesehen. Die Nummer, die sie eingetippt hatte, entsprach üblicherweise der

Zimmernummer. Ohne sich um die anderen zu kümmern, ging er zu den Aufzügen. Alle besetzt. Obwohl er eine geradezu ekstatische Erregung spürte, ließ er sich nichts anmerken und wartete geduldig. Endlich kam einer der Aufzüge von oben, dem ein äußerst energischer Leo Gardner entstieg und an ihm vorbei auf Messner und Co zusteuerte. Er betrat die leere Kabine, wählte das Stockwerk und die Lifttüre schloss sich leise hinter ihm.

63

Da war sie, die Panikattacke. Genau zum falschen Zeitpunkt! Aber wann ist der richtige Zeitpunkt für eine Panikattacke? Um J.J. nichts merken zu lassen, war Lara schnell ins Bad geflohen, hatte die Tür verriegelt und sich zu Boden sinken lassen. Dort hockte sie jetzt, konzentrierte sich darauf, bewusst und regelmäßig zu atmen, und sagte sich, dass es vorbeigehen würde. Es war immer noch vorbeigegangen. Immer. Es würde auch diesmal vorbeigehen.

Ihr Mund war trocken, ihr Herz raste, ihr war schwindlig. Sie hatte Durst und gleichzeitig einen quälenden Harndrang. Aber um Wasser zu trinken oder sich auf die Toilette zu setzen, hätte sie aufstehen müssen, was ihr momentan als Ding der Unmöglichkeit erschien.

Seit der Sache mit ihrem Vater hatte sie viele Stunden in Therapiesitzungen verbracht und große Fortschritte gemacht. Die Angst durch Agoraphobie war geblieben, allerdings hatte sie die ein-, zweimal im Monat auftretenden Panikattacken ganz gut im Griff. Jedenfalls besser als die ganz gewöhnliche, aber irrationale nächtliche Angst, die sie manchmal überfiel. Die Pistole hatte geholfen. Auch wenn ihre Therapeutin ihr davon abgeraten hatte. Was hätte ihre Therapeutin zu der Rosskur gesagt, die sich Lara selbst verordnet hatte? Rennfahrer stiegen nach einem Unfall so schnell wie möglich wieder ins Cockpit, so gesehen hatte sie ohnehin schon viel zu viele Jahre vergehen lassen, um sich ihrer Angst zu stellen - und sie dadurch vielleicht zu überwinden. Diese Aktion war wie geschaffen dafür. Und nein, es war kein Himmelfahrtskommando, wie sie sich immer wieder sagte. Es gab J.J.s Kollegen, es gab J.J., es gab Leo, es gab ihre Pistole, es gab ...

Die Pistole! Sie hatte sie ins Hotel geschmuggelt, ohne dass Leo oder J.J. etwas bemerkten. Aber jetzt lag die Waffe unter ihrem Kopfkissen - und sie saß hier, unfähig, sich zu bewegen. Die Minuten verstrichen, Leo musste jeden Moment zurückkommen, J.J. machte sich sicher schon Gedanken, was sie hier drinnen so lange tat, und sie kämpfte immer noch gegen Herzrasen und Atemnot. Die beiden würden fluchen, weil sie die Aktion mit einer hysterischen Tussi gestartet hatten statt mit einer erfahrenen Kollegin vom BVT.

„Lara, alles okay?“ J.J. hörte sich besorgt an, als er an die Tür klopfte.

„Alles okay. Fragst du immer eine Frau, ob alles okay ist, wenn sie ein paar Augenblicke länger am Klo ist? Dauert noch ein bisschen, aber alles okay."

„Gut. Leo muss jeden Moment zurück sein. Ich hoffe, ohne den Trottel und seine Hilfssheriffs."

J.J. ging eine Runde durchs Zimmer, warf einen Blick aus dem Fenster und streckte sich ausgiebig. Dann fragte er seine Kollegen per Funk nach der Lage und erfuhr, dass die Polizei noch nicht abgezogen war. Er seufzte. Wenn es Leo nicht gelungen war, Messner zu überzeugen, dann würde der mit Sicherheit gleich hier reintrampeln und die Aktion abbrechen. Aber J.J. würde nicht kampflos weichen. Messner würde erfahren, dass er immer noch Kontakte bis ganz oben hatte - und wenn es sein musste, dann ...

Irgendwo ging der Feueralarm los. Gleich darauf klopfte es energisch.

„Leo? Bist du das?"

„Nein, verdammt! Ich bin's, Messner!"

Seufzend öffnete J.J. die Türe.

64

„Major Messner, bitte!!" Ich weiß, dass ich nicht sehr souverän klinge, eher ein wenig gequält. Das ist Absicht. Er muss sich überlegen fühlen, um die richtigen Entscheidungen zu treffen. Wenn ich ihm jetzt blöd komme, verzögert sich die Sache unnötig.

„Gardner, das war's dann. Rufen Sie Ihre ‚Fuchs-Schwester' an und sagen ihr, dass sie runterkommen soll, sonst kommen wir rauf und holen sie. Die Vorstellung ist vorbei."

„Ja, das mach' ich gleich. Selbstverständlich", stimme ich sofort zu. Messner schaut, als hätte ich zwei Köpfe. Vermutlich hat er mit allem gerechnet, aber nicht mit meiner geradezu unterwürfigen Zustimmung. Ich trete an den Empfangstresen und bitte um das Telefon. Messner stellt sich neben mich, seine Lakaien umstehen uns im Halbkreis.

„Es ist nur sehr, sehr schade. Sie hätten ihn geschnappt, Herr Major. Ich bin mir sicher, dass er das

Hotel beobachtet und bei günstiger Gelegenheit zugeschlagen hätte. Dann wäre die Falle zugeschnappt und Sie hätten ihn gehabt. Und die Aufklärung einer Mordserie hätte Ihren … na, sagen wir Irrtum, in meinem Fall mehr als aufgewogen. Sie stünden als der große Zampano da. Schade …"

Vielleicht ist Ihnen aufgefallen, dass ich gesagt habe: „Sie hätten ihn gehabt", nicht „Wir", sondern „Sie".

Das ist wichtig! Messner sieht sich ein bisschen als einsamer Cowboy, da ist kein Platz für ein „Wir". Wenn er meine Karotte schnappt und den Triumph visualisiert, muss er sich als alleinigen Helden sehen. Nur so kann ich ihn kriegen.

„Sparen Sie sich Ihren Sermon für den Verhörraum Numero eins, Gardner. Auf Ihr Süßholzgeraspel fallen vielleicht andere rein, aber ich nicht. Wenn Sie ‚Herr Major' zu mir sagen, rieche ich Ihre Falschheit drei Kilometer gegen den Wind. Also rufen Sie Ihre ‚Fuchs-Schwester' her und dann fahren wir schön gemütlich ins LKA und dort können Sie mir Ihre Märchen weitererzählen."

Verdammt! Ich habe zu dick aufgetragen, er hat den Braten gerochen. Die Sache hier ist zu Ende. Jetzt hilft nur noch das Gegenteil. Flucht nach vorne, sozusagen. Ich schalte runter auf den dritten Gang, um den Motor auf Touren zu bringen und gebe Vollgas.

„Ja, dann lassen wir es eben, Messner. Dann bleiben Sie weiterhin der Looser, als den Sie die Presse sieht. Ein kleinlicher Beamter, dem es wichtiger ist, einen erfolgreichen Konkurrenten auszuschalten, als einen Serienmörder zu fassen. Schauen Sie sich doch an, was Sie für einen Aufwand treiben, um meine Falle zu sabotieren!“

Um meine Anklage zu untermauern, zähle ich rasch die Leute im Halbkreis durch.

„Da. Fünf Zivile und vier Uniformierte, vor dem Hotel wahrscheinlich noch zwei oder drei Streifenwagen in Bereitschaft. Und den Psycho-Onkel aus Göllersdorf haben Sie auch gleich dabei, der mich vermutlich hier an Ort und Stelle für unzurechnungsfähig erklären soll, damit Sie mich in eine Gummizelle sperren können!“

„Gardner“, fragt Messner stirnrunzelnd, „ist Ihnen schlecht? Ich weiß ja, dass Sie gern übertreiben, aber so weit ist es noch nicht, dass ich wegen Ihnen Hilfe brauche. Schon gar nicht vom Psycho aus Göllersdorf.“ Messner weiß, von wem ich rede, natürlich kennt er Dr. Scholz von dessen zahlreichen Gerichtsgutachten und auch bei der jetzigen Mordserie wurde Scholz zum Profiling zugezogen.

„Dann ist er also zufällig da? Vor drei Minuten ist er mir beim Lift entgegengekommen. Wahrscheinlich, weil er ...“ Ich stocke. Ungläubig sehe ich Messner an.

„Sie haben Scholz nicht angefordert?“

Messners Miene verändert sich. Man kann gegen ihn sagen, was man will, er ist ein Arschloch, nicht der beste Ermittler und auch nicht der allercleverste - aber wirklich dumm ist er auch nicht.

„Nein. Er weiß gar nicht, dass wir hier sind.“ Auch sein Gesichtsausdruck ist jetzt ungläubig.

„Wo haben Sie ihn gesehen, Gardner?“

„Dort, bei den Aufzügen. Ich habe geglaubt, er ist mit Ihnen reingekommen.“

„Stimmt! Jetzt erinnere ich mich, er ist tatsächlich sogar neben mir gestanden, als die Rezeptionistin Sie angerufen hat. Ich habe ihn beiläufig registriert, aber nicht weiter darüber nachgedacht, warum er ...“

„Er hat beim Telefonieren zugesehen?“

„Ja.“

„Dann kennt er die Zimmernummer!“

Aber das hört Messner vermutlich nicht mehr, weil ich schon losgesprintet bin. Nicht zu den Aufzügen, sondern zu den Stiegen. Irgendwo geht der Feueralarm los. Er hat drei, vier Minuten Vorsprung. Vermutlich hat J.J. jetzt alle Hände voll zu tun.

65

Lara hörte einen erstickten Laut, dann fiel etwas Schweres auf den Boden. Sie hielt den Atem an. Sie hatte J.J. durch die Tür mit jemandem sprechen gehört und vermutet, dass es der zurückgekehrte Leo war.

„Leo? J.J.?"

Keine Antwort. Stattdessen wurde die Klinke der Badezimmertür niedergedrückt und dann wieder losgelassen. Dann ging das Licht im Bad aus. Lara biss sich auf die Zunge. In Sekundenbruchteilen hatte sie begriffen, dass das weder Leo noch J.J. waren.

Er war hier.

Er, wer immer er auch war, hatte J.J. überwältigt und sie hatte sich soeben verraten. Allerdings hätte er, angesichts des leeren Zimmers, vermutlich ohnehin im Bad nachgesehen. Ihre Panikattacke war wie weggeblasen. Fieberhaft tastete sie sich nach einem schweren Gegenstand um, den sie als Waffe hätte verwenden können. Nichts. Und die Pistole lag immer noch unter dem Kopfkissen!

„Verdammt, verdammt, verdammt“, wimmerte sie. Im nächsten Moment barst die Türe. Jemand musste sich mit aller Gewalt dagegengeworfen haben. Mit der Gewalt und der unmenschlichen Kraft eines Wahnsinnigen! Lara sah im Gegenlicht nur einen großen Schatten, der in den Raum taumelte. Instinktiv erkannte sie ihre Chance und sprang aus dem Badezimmer nach draußen. Dabei stolperte sie über den ausgestreckt am Boden liegenden J.J. Die Zimmertüre war zu weit weg, sie hechtete zum Bett, um an die Pistole zu gelangen, streckte die Hand aus, als sie von hinten einen Schlag auf den Kopf bekam, der sie zu Boden warf. Sekunden später wurde ihr ein Sack über den Kopf gezogen. Dann wurde sie mit einem Ruck auf den Rücken gedreht.

Der Angreifer kniete sich auf ihre Brust. Lara, die nichts sah und noch halb betäubt war, wusste dennoch, was unausweichlich kommen würde. Sie wollte den Kopf hin- und her werfen, aber es waren nur matte Bewegungen, dennoch verhinderten sie das Schlimmste. Der erste Schlag streifte nur ihre Wange unter dem Sack. Der Mann fluchte, packte Sack und Haare mit einem groben Griff der Linken, um den Kopf ruhig zu halten, und holte erneut aus.

66

Meine Lungen brennen, aber ich achte gar nicht darauf, gleich habe ich es geschafft, mich durch die in Panik die Treppen hinunterlaufenden Hotelgäste zu drängen. Der Feueralarm sorgt für das reinste Chaos im Gebäude.

Jetzt habe ich das fünfte Stockwerk erreicht, da ist der Gang!

Was?

Einen Moment bleibe ich wie erstarrt stehen, der Gang ist weg. Das heißt, der Gang ist natürlich noch da, aber der Gang ist durch eine zugefallene Brandschutztüre blockiert. Ich stürze hin und versuche, sie aufzuziehen.

Nichts.

Jemand hat sie von der anderen Seite blockiert. Ich bin vom Gang und somit auch von Laras Zimmer abgeschnitten. Für ein paar Sekunden kann ich keinen klaren Gedanken fassen.

Was soll ich jetzt tun?

Scholz ist dort und hat keine Skrupel, vielleicht verzichtet er auf die Methode von Fuchs und hat eine Pistole, um es zu Ende zu bringen! Ich entdecke eine Hotelangestellte und stürze auf sie zu.

„Was ist mit den Leuten hinter der Brandschutzwand?“

„Die gehen über das Notfallstiegenhaus am anderen Ende des Ganges, keine Angst, es sind überall beleuchtete Schilder, die den Fluchtweg anzeigen …“

Aber da bin ich schon losgestürmt, dränge mich wieder an entgegenkommenden Gästen vorbei die Haupttreppe hoch, in den sechsten Stock.

Gott sei Dank! Dort ist die Brandschutztüre nicht geschlossen, ich laufe den Gang entlang bis zum Ende. Dort leuchtet ein einsames Schild, um den Ausgang zur Notfallstiege zu markieren. Ich reiße die Türe auf und jage die engen Stiegen hinunter. Da ist die Tür zum fünften Stock. Endlich!

Dann höre ich den Schuss.

67

Lazlo Nagy hatte das Zimmer gegenüber schon vor Stunden unerkannt bezogen. Tatjana Petrova hatte ihr bestes Pferd aus dem Stall geholt, um Leos Manöver zu begleiten. Um niemanden zu verunsichern, hatte sie ein einfaches russisches Rezept gewählt: Sie hatte niemanden darüber informiert.

Um durch die geschlossene Hotelzimmertür den Gang draußen zu beobachten, hatte Lazlo wiederum ein anderes einfaches Rezept gewählt: eine stecknadelkopfgroße Webcam an die Oberkante der eigenen Türe, die mit einem haarfeinen Kabel durch die Türdichtung mit ihrem Akku und dem WLAN-Sender verbunden war. Dann hatte er sich gemütlich auf dem Bett ausgestreckt und übers Tablet den Eingang der Leo-und-Lara-Suite beobachtet.

Es wäre ein Leichtes für ihn gewesen, auch Laras Zimmer mit diversen Webcams zu „verwanzen", aber der, auf den sie alle warteten, war nicht im Zimmer versteckt (Lazlo hatte es schon am Morgen höchst pedantisch durchsucht) und deshalb bestand kein Grund zur Indiskretion.

Als Leo das Zimmer verließ, verdoppelte Lazlo seine Aufmerksamkeit, er ging davon aus, dass ein möglicher Angreifer das Zimmer ebenfalls genau beobachtete. Dann ging der Feueralarm los und Lazlo lächelte. Die Ablenkungsmanöver waren überall auf der Welt gleich. Aus den angrenzenden Zimmern strömten die Gäste und liefen hektisch durch den Gang. Nach einer Minute wurde es ruhiger. Schließlich sah er einen Mann vis-à-vis anklopfen, die Tür wurde geöffnet und der Mann schlug dem überraschten J.J. mit einem Schlagring direkt ins Gesicht.

Lazlo entschloss sich, sofort einzugreifen. Aber als er drei Sekunden später aus seinem Zimmer geschossen kam, war der Eindringling schon über J.J. hinweggestiegen und hatte die Zimmertüre von innen verriegelt. Damit hatte Lazlo nicht gerechnet. Moderne Hotelzimmertüren brach man nicht auf, indem man sich etwas fester gegen sie lehnte. Er musste zurück in sein Zimmer, um dort aus seinem Nachttisch die Magnetkarte, die er schon am Vormittag als Generalschlüssel programmiert hatte, zu holen. Wertvolle Sekunden verstrichen, endlich drehte das Motorschloss den Riegel auf.

Keine Sekunde zu früh!

Der Angreifer hielt mitten im Schlag inne und drehte sich noch gebückt überraschend schnell zu Lazlo um, wobei er gleichzeitig versuchte, sich ganz aufzurichten und bereits zuzuschlagen. Lazlo stieß sich mit der Grazie eines Balletttänzers am Boden ab, sprang den Mann an und stieß ihn zu Boden. Sie landeten knapp neben der Frau mit dem Sack über dem Kopf. Lazlo kniete jetzt über dem anderen und wollte ihm mit zwei schnellen Handkantenschlägen gegen die Halsschlagader den Rest geben, als der Mann plötzlich in seiner linken Hand einen Pfefferspray hielt. Im nächsten Moment hatte Lazlo schon eine ordentliche Ladung abbekommen. Er schrie auf, fuhr sich instinktiv in die Augen, der andere gab sich einen Ruck, rollte zur Seite, wodurch Lazlo von ihm fiel.

Der Angreifer rappelte sich hoch, trat nach Lazlo, dieser packte seine Füße, brachte ihn erneut zu Fall, wieder rangen sie am Boden miteinander, Lazlo diesmal durch Schmerz und vorübergehende Blindheit arg im Nachteil.

Mittlerweile hatte Lara endlich den Sack vom Kopf bekommen und die Waffe unter dem Kopfkissen gefunden. Zitternd richtete sie die Pistole auf die kämpfenden Männer.

Aber wer war ihr Mörder - und wer ihr Retter?

Durch den Sack über ihrem Kopf war ihr dieses wichtige Detail entgangen. Auch in den panikerfüllten Sekunden im Bad, als die Tür barst, hatte sie den Mann nur als großen Schatten im Gegenlicht wahrgenommen.

Um ihr Zittern zu bremsen, umfasste sie jetzt den Griff der Waffe mit beiden Händen. Dann erkannte sie plötzlich einen der Männer: Das war Lazlo, der geheimnisvolle Liebhaber der Petrova! Der Mann, der ihr schon immer unheimlich gewesen war. Jetzt wusste sie auch warum. Er war der Serienmörder! Der andere vielleicht einer der Leute Messners, der ihr zur Hilfe eilen wollte, jetzt aber unter dem anderen zu liegen gekommen und schon so gut wie chancenlos war. Lara richtete den Lauf auf ihn und schrie laut auf.

Später konnte sie sich nicht mehr erinnern, den Abzug betätigt zu haben, aber sie musste es getan haben, denn die Pistole ging los und Lazlo Nagy fiel über ihrem Retter zusammen. Fassungslos starrte sie auf die Waffe in ihrer Hand und warf sie gleich darauf entsetzt weg, als wäre sie ein Stück glühendes Eisen, das ihr die Hand verbrannte.

Sie begann zu hyperventilieren, während sich ihr Retter mühsam unter dem Leblosen hervorwälzte und aufstand.

„Das haben Sie gut gemacht, meine Liebe", sagte er beruhigend und hob Laras Pistole auf.

„Ist er ... ist er ..."

„Tot? Ich weiß es nicht. Aber machen Sie sich keine Gedanken, das soll nicht Ihre Sorge sein. Jetzt kümmern wir uns einmal ausschließlich um Sie."

68

Ich sprinte durch den leeren Gang. Die Zimmertüre steht halb offen, auf dem Boden liegen zwei Gestalten, eine erkenne ich als J.J., ansonsten ist das Zimmer leer. Wo ist Lara? Ich beuge mich hinunter, um J.J.s Puls zu ertasten.

In diesem Moment höre ich einen Schrei aus dem Badezimmer. Ich reiße die Tür auf und sehe Lara am Boden liegen. Es ist tatsächlich Scholz, der auf ihr kniet und die Hand schon zum Schlag erhoben hat.

Ohne nachzudenken, trete ich ihm in den Rücken und er fällt nach vorne. Laras Gesicht scheint unversehrt, aber sie rührt sich nicht. Ich fühle Panik in mir aufsteigen. Hat er sie mit dem Schlagring am Hinterkopf erwischt? Ist sie …

Ohne nachzudenken, hebe ich sie auf, schaffe sie aus dem Badezimmer hinaus, lege sie auf's Bett, als sie die Augen aufschlägt. Meine Erleichterung ist nur von kurzer Dauer, dann kracht ein Schuss und ich spüre einen brennenden Schmerz an der Schulter. Instinktiv werfe ich mich auf Lara, halte sie umklammert und rolle mich mit ihr vom Bett. Der nächste Schuss fällt. Dann höre ich ein paar hastige Schritte und die Zimmertüre wird zugeworfen.

Ist Scholz tatsächlich geflüchtet, oder ist das eine Falle?

Ich robbe ein Stück vor und linse vorsichtig um die Ecke des Bettes.

Nichts.

Er ist weg. Ich drehe mich um.

„Lara! Bist du okay?"

„Ja. Aber die zwei nicht." Sie tastet sich eine gewaltige Beule am Hinterkopf ab, dann deutet sie auf das Chaos am Boden. J.J. hat was abbekommen, zum Glück sehe ich kein Blut. Viel Blut dagegen sehe ich bei dem Mann neben ihm.

Wie, um alles in der Welt, kommt Lazlo Nagy hierher?

„Wir brauchen die Rettung", sage ich zu Lara. „Kannst du unten anrufen? Sie sollen über die Notfallstiege kommen, über die Haupttreppe geht es nicht, die Brandschutztüre ist zu."

Lara nickt und beginnt zu wählen. Sie hat einen Schock, aber ich denke, die drei werden es auch ohne mich schaffen. Ich werde mir Scholz schnappen.

Schon bin ich wieder auf dem Gang, dann auf der Notstiege. Wie viel Vorsprung hat er? Keine Minute. Auf dem Weg nach unten überlege ich, wo er abbiegen wird. Die Möglichkeit dazu hat er natürlich in jedem Stockwerk, aber ich glaube, dass er das Gebäude so rasch wie möglich verlassen will. Sicher nicht im Erdgeschoss, wo sich mittlerweile Polizei, Feuerwehr und die panische Gästeschar auf die Zehen steigen. Also ganz unten, erstes oder zweites Kellergeschoss. Mittlerweile laufe ich nicht mehr über die Stufen, sondern springe förmlich von Absatz zu Absatz. Gibt es hier eine Garage? Mir fällt ein, dass es eine Garage für das benachbarte Kinocenter gibt, in die führt mit Sicherheit auch ein Gang vom Hotel aus.

Mittlerweile habe ich das Erdgeschoss hinter mir gelassen, erstes Kellergeschoss, zweites Kellerges...

Da höre ich das Klicken einer einrastenden Metalltür hinter mir. Das war die, an der ich gerade vorbeigelaufen bin! Ich drehe um, reiße die Tür auf und sehe Scholz ungefähr fünfzehn Meter von mir entfernt den Gang entlanglaufen. Erstaunlich schnell, wie ich es dem untersetzten Mann, dem ich in Göllersdorf gegenübersaß, gar nicht zugetraut hätte. Hat er mich schon gesehen?

Noch ist davon nichts zu bemerken, er dreht sich nicht um, biegt aber jetzt ab und ist aus meinem Blickfeld verschwunden. Ich hätte ihm gleich ins Bein schießen sollen, denke ich. Aber dann erinnere ich mich wieder, dass ich meine Glock gar nicht mithabe, sondern in meiner Reisetasche im Zimmer. Dort habe ich sie deponiert, als ich zu Messner runterging. Zur Sicherheit, um ihm keine Gelegenheit zu geben, mich wegen meiner „Gefährlichkeit“ festzunehmen. Das bereue ich jetzt.

Als ich den Abbieger erreiche, den Scholz genommen hat, erlebe ich eine Überraschung. Hinter der Tür führt eine weitere Treppe hinunter und unmittelbar darauf stehe ich auf dem Servicepfad, der direkt zum Bahnsteig der U3 Station Wien Mitte führt. Dicht neben mir sind die Gleise. Glaubt Scholz wirklich, von hier zur Station zu kommen und dann gemütlich mit der U-Bahn abzuhauen? Ich kann ihn nirgendwo sehen. Bis zum Bahnsteig hat er es jedenfalls noch nicht geschafft. Oder ist er weiter in den Tunnel geflüchtet?

In dem Moment erwischt mich ein Schlag in den Nacken. Noch im Fallen denke ich, dass er wohl den Schlagring in der Faust gehabt haben muss. Außerdem denke ich, dass ich mich wie ein blutiger Anfänger verhalten habe. Ich lande unsanft auf der Seite und drehe mich durch den Schmerz auf den Rücken. Der nächste Fehler! Im nächsten Moment wirft sich Scholz auf mich. Aber das bekommt ihm gar nicht gut. Ich habe rechtzeitig mein linkes Knie angezogen und das bohrt sich förmlich in seinen Schritt. Er kreischt geradezu auf, rollt sich seitlich weg und presst seine Hände zwischen die Beine.

Allerdings nicht lange, denn drei Sekunden später habe ich ihn auf dem Boden fixiert und seinen rechten Arm nach oben gedreht, wo ich ihn durch die Hebelwirkung mit wenig Kraftaufwand zur Quelle großen Schmerzes werden lassen kann.

„Jetzt einmal langsam, Scholz. Zur Ruhe kommen. Tief atmen. So ist es gut. Was empfinden Sie? Wie geht's der Sexualität? Lassen Sie sich ruhig Zeit mit der Antwort. Aber das Weiteratmen nicht vergessen!"

Ich verstärke den Hebel etwas und er stöhnt laut auf. Aber so verlagert sich der Schmerz wenigstens vom Schritt in die Schulter.

Eigentlich bin ich nicht so. Auch einem Mehrfachmörder gegenüber nicht. Aber er hätte beinahe Lara Weiss umgebracht und die ist mir irgendwie ans Herz gewachsen.

„Möchten Sie mir etwas sagen?"

„Ich habe den Eid des Hippokrates geschworen. Wissen Sie, was das heißt, Gardner? Dass ich Menschen helfen werde! Auch wenn es wehtut. Das heißt aber nicht nur einem Menschen, der an einer Krankheit laboriert, sondern der gesamten Menschheit. Und wenn wir das Warrior-Gen ausrotten, dann wird es der Menschheit besser gehen. Oh, halten Sie mich nicht für einen armen Irren, der glaubt, das alleine schaffen zu können, nein, natürlich weiß ich, dass das eine Herkulesaufgabe ist. Aber jeder muss in seinem Bereich anfangen. Und glauben Sie mir, wenn es weniger Menschen wie Fuchs und seinesgleichen gibt, dann sind unsere Kinder einmal besser dran. Leider gibt es dabei Kollateralschäden."

„Kollateralschäden? Ein bisschen spät, dass Ihnen das leidtut, meinen Sie nicht?"

„Es tut mir keineswegs leid! Das wollte ich damit nicht sagen, ich wollte sagen, dass es unvermeidlich ist, dass Unschuldige für eine große Idee sterben."

„Darüber können Sie in Göllersdorf noch genug philosophieren, aber diesmal als Insasse", sage ich und ziehe ihn hoch.

Dann höre ich ein dumpfes Grollen, das schnell lauter wird. Scholz hört es auch. Völlig unvermutet tritt er mir gegen das Schienbein und reißt sich los. Das Brausen im Schacht wird nahezu unerträglich. Scholz 'Blick irrt panisch umher. Ich packe ihn erneut und ziehe ihn zwei Schritte aus der Gefahrenzone. Aber nur kurz, dann gebe ich ihm einen kleinen Stoß und er taumelt in Richtung der Schienen - dann ist der U-Bahn-Zug da.

69

In Floridsdorf, einem Wiener Außenbezirk, gibt es einen Lagerplatz mit Mietcontainern. Ich lasse den Motor des Opel GTs weiterlaufen und gehe an der Schranke vorbei zu dem kleinen Kobel[1], der sich in der prallen Sonne aufgeheizt hat wie ein Glashaus. Der Platzwächter hat es drinnen nicht ausgehalten, er sitzt neben dem Kobel auf einem Gartenstuhl, schwitzt und ist schlecht gelaunt. Ich zeige ihm meinen Ausweis und die Mietvereinbarung, die mir meine Exfrau mit den Scheidungspapieren ins Gefängnis geschickt hat. Er wirft einen Blick darauf und murmelt etwas, das wie „Aseneureieiazfivik" klingt.

„Wie bitte?"

„Straße neun, Reihe drei, Platz vierundvierzig! Steht eh da!"

Er deutet missmutig auf das Papier. Ich nehme es und wünsche ihm einen guten Tag. Als ich wieder beim

GT bin, öffnet er die Schranke per Fernbedienung. Das muss ein aufregender Job sein, denke ich, fahre ein und halte nach der Straße neun Ausschau.

Wissen Sie, es hat Zeiten gegeben, da hätte ich den Mann absichtlich lange und umständlich ausgefragt, wie ich am besten zu meinem Container komme, einfach nur, damit ich ihn für seine Unhöflichkeit bestrafe. Aber davon hat mich der Stoizismus geheilt.

Ich finde meinen Container, sperre auf und sehe zum ersten Mal seit Jahren mein Leben anhand meiner „Besitztümer" vor mir. Eine Zeit lang bleibe ich außen stehen, fächle mir mit dem Fedora Luft zu und betrachte Schachteln und Gegenstände und lasse sie auf mich einwirken. Ich habe es nicht eilig. Die Ereignisse in den letzten Tagen haben sich überschlagen und jetzt genieße ich es, mir die Zeit schrittweise zurückzuholen.

Ich. Muss. Gar. Nichts. Tun.

Also bleibe ich noch ein paar Minuten stehen und tue genau das. Nichts.

Als ich freigekommen bin, hatte ich schon überlegt, den Container unbesehen räumen zu lassen und so einen radikalen Schnitt zu machen. Mittlerweile denke ich, dass ich das nach Begutachtung meiner Habseligkeiten immer noch machen kann.

Wenn ich will. Aber eigentlich erhoffe ich mir, ein paar meiner alten Brioni-Anzüge zu finden. Meine

Garderobe ist doch ein wenig eingeschränkt, seit ich entlassen wurde.

Dann lege ich meinen Hut auf den Beifahrersitz des GT, kremple meine Hemdsärmel hoch und betrete den Container. Ich will die Dinge, die ich aufhebe, auf der linken Seite stapeln und die zu entsorgenden rechts. Ein guter Plan. Leider gelingt er nicht ganz.

In der ersten Schachtel, die ich öffne, sind ausgerechnet Fotoalben. Das älteste davon ist fast zwanzig Jahre alt. Elisabeth und ich waren beide noch in der Schule und gerade einmal ein paar Monate zusammen. Die üblichen Teenagerfotos. Wir beide beim Zelten, wir beide im Prater, wir beide am Neusiedlersee. Seltsamerweise schmerzt die Erinnerung an diese unbeschwerte Zeit und an das Frisch-verliebt-Sein weniger als die Tatsache, dass meine Ex-Frau das Album - und somit das Beweisstück unserer damaligen Liebe - nicht selbst behalten, sondern aussortiert hat.

Beinahe wie mich.

Will sie mich so radikal aus ihrem Leben verbannen? Die Vergangenheit ausradieren? Die Erinnerung löschen? Und vor allem - alles nur, weil sie für ein paar Monate tatsächlich glaubte, okay, glauben musste, dass ich ein Mörder war? Nicht ein BVT-Mann, der bei einem Einsatz jemand töten musste, sondern ein Mensch, der vorsätzlich und kaltblütig einen Mord geplant und ausgeführt hat.

Scheinbar war sie tatsächlich davon überzeugt gewesen (so wie Messner, so wie die Presse, so wie alle), bis Marielle Becker mit ihrer Artikelserie meine Unschuld bewiesen hatte. Aber den wahren Täter hatte auch die Becker nicht gefunden.

Irgendwann, wenn das Haus fertig renoviert ist, werde ich mir von J.J. vielleicht ein paar alte Akten besorgen lassen und ganz emotionslos und objektiv den Fall nochmals analysieren.

Denn, sehen Sie, ich habe diesen Mord natürlich nicht begangen - aber irgendjemand hat es getan. Und mit dem möchte ich vielleicht doch ein paar Worte wechseln.

---

1. Verschlag

70

„Trari trara! Die Post ist da!“ Lara Weiss sieht fabelhaft aus, als sie leichtfüßig durch den Garten auf mich zukommt und dabei eine Zeitung schwenkt. Ich trete die Erde um das frisch gepflanzte Bäumchen noch ein wenig fest, dann wende ich mich der Besucherin zu.

„Nur gute Nachrichten, hoffe ich, oder?“

Ich hebe entschuldigend meine erdverklebten Hände, um zu zeigen, dass eine förmliche Begrüßung ausfallen muss.

„Die gute Nachricht ist“, lacht Lara und zeigt dabei ihre weißen Zähne, „dass der Psychiater Doktor Henrik Scholz, anerkannter gerichtlicher Sachverständiger, Leiter der Psychiatrie in Göllersdorf, Buchautor, Forscher über das sogenannte ‚Mörder-Gen‘ und so weiter, bla, bla, bla, nun auch offiziell als Mörder von Marielle Becker, Carolina Lupo und Peter Hoffmann feststeht. Fest steht auch, dass es der U-Bahn-Garnitur mittlerweile besser geht, weil sie gewaschen wurde und keine Blut- und Körperreste des Doktors mehr an ihr kleben. Fest steht leider auch, dass Major Lorenz Messner auf nicht weniger als fünf Fotos in diesem Blatt zu sehen ist. Immer gleich hässlich, übrigens. Unter anderem hat er ein zwei Seiten langes Exklusivinterview bekommen. Er ist der strahlende Held, der die Serienmorde aufgeklärt und den Täter durch seine engagierte Verfolgung zu einer Flucht in den U-Bahn-Schacht getrieben hat. Ich glaube, ich muss gleich speiben!“

Ich lache. Einerseits wegen des schönen Wiener Ausdrucks für Erbrechen, den Lara soeben benutzt hat, andererseits weil sie so engagiert ist.

„Lass ihn doch seine fünfzehn Minuten Ruhm genießen“, sage ich. „Oder fändest du es besser, wenn die Journalisten uns beiden die Tür einrennen würden?“

„Natürlich nicht!“

„Na bitte. Ich bin froh, dass ich meine Ruhe habe. Ich habe diesen Fall eigentlich nur Becker zuliebe übernommen, aber mehr von der Sorte brauche ich nicht. Das hier ist Aufgabe genug. Wie war es übrigens im AKH? Wie geht es Lazlo?“

„Er wurde schon wieder entlassen. Er humpelt noch ein bisschen, aber in ein, zwei Wochen ist er wieder ganz der Alte, sagen die Ärzte. Und er sagt, dass er mir nicht böse ist und dass er schon viel schlimmere Blessuren davongetragen hat. Ich will gar nicht wissen wo

... Irgendwie ist Lazlo mir immer noch unheimlich, obwohl er mir das Leben gerettet hat. Wirklich sehr fürsorglich, deine Tatjana."

Der letzte Satz kam ein wenig spitz. Aber bevor ich darauf reagieren kann, hat Lara Weiss auch schon das Thema gewechselt.

„Findest du nicht, dass du die Prioritäten etwas durcheinanderbringst? Die Baufirma wird das Haus quasi bis auf die Grundmauern auseinandernehmen. Wo du dann wohnen sollst, weißt du noch nicht, der Dschungel im Garten ist noch nicht einmal zur Hälfte erforscht, und du beginnst mit der Wiederaufforstung?"

Wieder muss ich lachen. „Hier war gerade Platz ... Nein, das ist nicht die volle Wahrheit. Ich dachte einfach, der Fall ist gelöst und Menschen sind gestorben, wir sind davongekommen - also geben wir der Natur etwas zurück. Zum Beispiel ein Bäumchen."

„Leo Gardner, sind Sie etwa ein hoffnungsloser Romantiker? Ein Bäumeumarmer? Haben Sie im Gefängnis Gedichte über den erotischen Glanz von Kastanien geschrieben?"

Jetzt lachen wir beide.

Übrigens wohne ich nicht mehr lange im Hotel. Ich habe eine Lösung gefunden, wo ich ein, zwei Monate wohnen werde - bis dahin sind die ja hoffentlich schon etwas weiter damit. Vermutlich wird sie mich auslachen. Und sie hätte damit nicht einmal unrecht. Aber Sie müssen wissen, ich hab nun mal einen Hang zu Vintage-Sachen. Mein Opel GT, meine alte Heuer, der Hut, den alle lächerlich finden, und jetzt auch ein Silver Streak Clipper aus dem Jahre 1952.

„Schau dir mein neues Zuhause an!"

Ich gehe um die Ecke und Lara folgt mir misstrauisch. Ich rechne jede Sekunde damit, ausgelacht zu werden. Aber nichts. Sie sieht den alten silberglänzenden Wohnwagen, der sehr einer Pistolenkugel ähnelt, an und nickt mit einem Gesichtsausdruck, der Robert de Niro alle Ehre machen würde.

„Respekt", sagt sie und nickt weiter wie ein Wackeldackel. „Dass du in dieser Konservenbüchse überwintern willst. Ich hoffe nur, dass du mich niemals zum Essen einlädst. Ich oute mich hiermit als überzeugte Anti-Campingbus-Klaustrophobikerin."

„Den Garten schaffe ich dann locker nebenbei. Habe ja nichts anderes zu tun."

„Optimist! Na ja, vielleicht komme ich zwei-, dreimal vorbei, solange es warm genug ist, setze mich in den Schatten, schaue dir beim Arbeiten zu, erkläre dir, was du falsch machst, und gebe dir ein paar aufmunternde Peitschenhiebe."

„Ich kann es kaum erwarten."

Langsam gehen wir zum Grundmauerngerippe des Hauses zurück. Auf dem ins Freie gestellten ehemaligen Küchentisch liegt mein Handy und beginnt wie auf Kommando zu läuten.

„Dobre Djen, Tatjana Gregorjewna“, rufe ich gut gelaunt ins Telefon, nachdem ich ihren Namen auf dem Display gesehen habe.

71

Lara grinste, wenn auch ein wenig verkniffen. Leo Gardner war ein Charmeur und bei der Russin war er besonders charmant. Aber während er nun lauschte, veränderte sich sein soeben noch so fröhliches Gesicht.

„Aha ... okay ... Wann war das? ... Mhm ... Und sonst nichts? ... Hast du schon ... Verstehe ...“ Das Ganze ging noch gute zwei Minuten so, dann beendete er das Gespräch mit einem „Ich muss mir das kurz durch den Kopf gehen lassen, Tatjana. Ich melde mich.“. Dann wendete er sich an Lara: „Tatjana hat ein Problem. Sie bittet mich um Hilfe.“

„Tja, dann muss der Ritter wohl doch wieder seine glänzende Rüstung anziehen, seine Lanze polieren und losreiten, oder?“

Wieder lachten sie beide, aber als sich Leo umdrehte, wurde Laras Blick nachdenklich. Irgendwann würde sie diesem Leo Gardner mehr von sich erzählen. Sie musste es tun. Auch wenn sie es erfolgreich vor sich herschob. Aber sie wollte es auf jeden Fallt tun, bevor er von sich aus zu fragen begann. Sie wollte es aus freien Stücken tun. Die Sache mit ihrem Vater ... Irgendwann würde sie ihm erklären, warum sie eine Pistole mit sich herumschleppte. Irgendwann würde sie ihn auch mit ihrer Therapie konfrontieren. Irgendwann.

Ob er dann immer noch mit ihr lachen würde?

72

Ich wollte mein Leben mit dem Bösen vergessen. Die Jahre beim BVT haben mir tiefe Einblicke gewährt. Ich habe so viel negative Energie gespürt, dass es für zwei oder drei Leben ausreichen würde. In den Fall Becker bin ich halb hineingestolpert - aber den Wunsch des Witwers konnte ich gar nicht ablehnen. Es war meine Pflicht.

Aber das sollte es auch schon gewesen sein. Mein zukünftiges Leben sollte sich mit dem Renovieren des Hauses, der Gestaltung des Gartens, tiefsinnigen Gesprächen mit J.J., Heurigenbesuchen mit Lara Weiss …

Moment! Ich weiß, was Sie denken! Das stimmt überhaupt nicht! Ich mache mir keine Hoffnungen auf diese Frau. Ich will überhaupt nichts von ihr! Meine letzte Beziehung ist in einem Container in Floridsdorf bestens dokumentiert. Ich habe genug davon!

Ja, sicher, irgendwann einmal vielleicht. In ein paar Jahren, kann man über alles reden, dann wird man sich in aller Ruhe einmal umsehen, vielleicht das eine oder andere Date arrangieren lassen. Sehr unverbindlich natürlich.

Aber natürlich werde ich Lara Weiss ab und zu treffen. Wir wohnen ja relativ nahe, nicht wahr? Und so ein Fall schweißt einen ja auch ein bisschen zusammen. Als ich gerade vorher von dem Problem der Petrova erzählt habe, war sie Feuer und Flamme und meinte, wir sollten den Fall übernehmen, weil wir so ein gutes Team wären, und außerdem wären wir Lazlo (und damit der Petrova) ohnehin einen großen Gefallen schuldig. Ein bisschen viel „wir" für meinen Geschmack.

Aber mit einem hat Lara ganz bestimmt recht. Wir schulden Tatjana etwas. Ich schulde ihr etwas. Außerdem kann es ja auch sein, dass sich die Sache in zwei, drei Tagen schon als falscher Alarm erweist und sich alles in Wohlgefallen auflöst. Und überhaupt - ich lasse meinen Blick durch den Chaosgarten schweifen und drehe mich dann zur Chaosbaustelle um - es besteht keine Gefahr, dass mir die Arbeit hier wegläuft, während ich mich um was anderes kümmere. Nur ob der Campingbus so lange durchhält, wird sich noch zeigen.

Dem Lauf der Dinge darf man nicht zürnen, denn er kümmert sich um nichts.

Ich denke an Marc Aurel und wähle die Nummer der Petrova.

„Dobre Djen, Tatjana Gregorjewna. Ich bin in zwanzig Minuten bei dir.“

Ich nehme meinen Hut und mache mich auf den Weg.

DIE LEO GARDNER SERIE

GARDNER PFLICHT

(Ein Leo Gardner Roman 1)

"Der Tod löscht alle Schmerzen aus." (Seneca, der Jüngere)

Eigentlich will Leo Gardner nach seiner Entlassung aus dem Gefängnis nur ein ruhiges Leben führen, das alte Haus seines verstorbenen Vaters in den Wiener Weinbergen renovieren und der Welt und der Gewalt für immer den Rücken kehren. Lediglich ein Besuch bei der Journalistin, die bewiesen hat, dass er zu Unrecht des Mordes verurteilt worden war, steht noch auf seiner Agenda.

Doch als er erfährt, dass genau jene Journalistin bestialisch ermordet wurde, muss der ehemalige BVT-Agent handeln. Plötzlich findet sich Leo Gardner in einer verworrenen Mordermittlung wieder, die nicht zuletzt ihn selbst in das Fadenkreuz der Justiz rückt.

Es ist Gardners Pflicht, die Schuldigen zur Strecke zu bringen.

Hier klicken oder Link aufrufen:
https://robertsmaclay.de/lg1

GARDNERS BESTIMMUNG

(Ein Leo Gardner Roman 2)

"Der Tod ist weder gut noch böse." (Seneca, der Jüngere)

Leo Gardner kommt nicht zur Ruhe. Seine ehemalige Informantin und jetzige Industrielobbyistin Tatjana Petrova bittet ihn um Hilfe. Ein Bekannter der Petrova, der Discothekenbetreiber Valerian Negrescu, vermisst eine Reihe von Mitarbeitern. Leo lehnt dankend ab.

Als aber ein abgehacktes Paar Füße gefunden wird, das offensichtlich von einem der Mitarbeiter stammt, und Leos Assistentin Lara Weiß damit in Verbindung gebracht wird, beginnt Leo gezwungenermaßen mit den Ermittlungen. Hat der geläuterte ehemalige Konkurrent von Nergrescu, der jetzt als Prediger auftritt, etwas mit der Sache zu tun? Oder steckt hinter dem vermeintlich legalen Club "Oratorium" eine viel größere, viel dreckigere, viel lukrativere Unternehmung?

Als auch noch Leo Gardners Tochter in die Sache hineingezogen wird, ist es Gardners Bestimmung, in dieses Wespennest zu stechen.

Hier klicken oder Link aufrufen:
https://robertsmaclay.de/lg2

ÜBER DIE AUTOREN

ROBERTS & MACLAY

Roberts & Maclay kennen sich seit über 25 Jahren, sind gute Freunde und haben schon bei den diversen Projekten zusammengearbeitet.

Dass sie nun auch gemeinsam Thriller schreiben, ist weniger Zufall als Schicksal. Denn das Fachsimpeln über Filme, TV-Serien und Spannungsromane gehörte von Anbeginn zu ihren Lieblingsbeschäftigungen.

Wie es zu ihrem Pseudonym kam, ist einen Geschichte, die sie auch irgendwann noch erzählen werden.

M.C. Roberts ist das Pseudonym eines österreichischen Entrepreneurs und Bloggers. Spannende Geschichten waren schon immer seine Leidenschaft.

Nachdem er als 6-Jähriger eigene Superhelden-Hörbücher auf dem alten Kassettenrekorder seines Vaters einsprach, hat er fast vier Jahrzehnte lang mit Jobs als Marketing-Leiter, Chefredakteur, DJ, Opernkritiker, Kommunikationstrainer und Sachbuchautor das Schreiben von Romanen erfolgreich vor sich hergeschoben.

Aber der Ruf zum Schreibabenteuer war doch stärker.

R.F. Maclay ist das Pseudonym eines österreichischen Grafikdesigners und Werbefilmers. Er begann seine internationale Karriere als Elektrikerlehrling. Schnell war ihm aber klar, dass er kreativere Projekte in seinem Leben brauchte und wurde Grafiker. Seine Familie und Freunde belächelten diese Entscheidung.

Zwanzig Jahre später hat der überzeugte Autodidakt nicht nur internationale Plattenfirmen, Markenartikel und Elektronikkonzerne mit seinen Designs beglückt, sondern sich auch als Werbefilmer und Illustrator einen Namen gemacht.

Nebenbei ist er ein wandelndes Film- und TV-Serienlexikon.

www.RobertsMaclay.de

Printed in Germany
by Amazon Distribution
GmbH, Leipzig

25781563R00182